देखना

आनंद हर्षुल

वाणी प्रकाशन

प्रकाशन के उत्कृष्टतम 62 वर्ष

पेपरबैक प्रथम संस्करण : 2025

vaniprakashan.com

वाणी प्रकाशन

4695, 21-ए, दरियागंज, नयी दिल्ली-110 002

फ़ोन : + 91 11 23273167, 23275710

शाखाएँ

अशोक राजपथ, पटना-800 004, बिहार

कॉफ़ी हाउस कैम्पस, महात्मा गांधी मार्ग, प्रयागराज-211 001, उत्तर प्रदेश

महात्मा गांधी अन्तरराष्ट्रीय हिन्दी विश्वविद्यालय, वर्धा-442 001, महाराष्ट्र

sales@vaniprakashan.in

vaniprakashan@gmail.com

Dekhana
by Anand Harshul

ISBN : 978-93-6944-114-3
Novel

मूल्य : ₹ *299*

जी.एस. ऑफ़सेट, दिल्ली-110 095 में मुद्रित

वाणी प्रकाशन का लोगो मक़बूल फ़िदा हुसैन की कूची से

आनंद हर्षुल के उपन्यासों में औपन्यासिक कल्पना मुख्य भूमिका निभाती है। उनके उपन्यास औपन्यासिक कल्पना के आलोक में, यथार्थ को पुनर्विन्यस्त कर एक नये और अप्रत्याशित यथार्थ को जन्म देते हैं। आनंद उपन्यास कहते नहीं, वाक्य-दर-वाक्य उसे महीन बुनते हैं, क्योंकि यह बुनाई हमारे आँखों के सामने सम्पन्न होती है तो हम ख़ुद भी इस प्रक्रिया का अंग बन जाते हैं।

देखना में जितनी सघन करुणा व्याप्त है, हिन्दी के बहुत कम उपन्यासों में मिलती है। यहाँ यह कहते चलें कि आनंद अपने उपन्यासों और कहानियों को कविता के बहुत पास रखकर चलते हैं। यह उनका ग़द्य-कौशल है कि वे उसे न तो लद्धड़ होने देते हैं और न ही उसे पूरी तरह कविता में फिसलने का अवसर देते हैं। आनंद का गद्य पढ़ते हुए आपको उसमें कहीं बहुत गहराई से कविता का आलोक उठता हुआ महसूस होता है। मानो कविता की रोशनी में आनंद का गद्य आकार ले रहा हो। यह बात जितनी *देखना* के साथ सही है, उतनी ही उनकी अन्य कृतियों के साथ भी है।

देखना देखने के सुख और देखने की पीड़ा के बारे में है। यह देखने के जादू और उसकी सीमा को चिह्नित करता है। देखना को पढ़ते हुए आप यह महसूस करते हैं कि जीवन हज़ारों-लाखों तरह से प्रस्फुटित हो सकता है। ग़रीबी में बीतता जीवन मानो किसी विशाल शिला के नीचे उगी घास हो जो किसी-न-किसी तरह अपने को जीवित रखने का रास्ता खोज रही हो। प्लेटफ़ॉर्म पर जीवन बिताते भिक्षार्थी रेलगाड़ी आने पर खिड़की-दर-खिड़की भीख माँगते हैं, कुछ पलों के लिए उनके भीख देने या न देने वालों से रिश्ते बनते हैं, फिर रेलगाड़ी चल पड़ती है, जो भी क्षणिक रिश्ते बने थे, टूटकर बिखर जाते हैं। भिक्षार्थी वापस किन्हीं अभिनेताओं की तरह अपनी-अपनी निर्धारित जगहों पर लौट जाते हैं और अगली गांड़ी का इन्तज़ार करने लगते हैं। कहने को तो देखना में वर्णित यह रेलवे प्लेटफ़ॉर्म का जीवन है, पर क्या इस पृथ्वी पर आधुनिक मनुष्य का हर तरह का जीवन ऐसा ही नहीं है? मानो समूची ज़िन्दगी ही प्लेटफ़ॉर्म पर बिताया गया वक़्त है। हमारा, आपका घर प्लेटफ़ॉर्म पर बनी बेंचों से ज़्यादा और है भी क्या। अमेरिका के प्रसिद्ध डिज़ाइनर बकमिन्स्टर फुलर ने यह पूछे जाने पर कि अन्तरिक्ष-यान में कैसा अनुभव होता है, कहा था कि हमारी पृथ्वी भी अन्तरिक्ष-यान ही है। आपको यहाँ जो लग रहा है, वह अन्तरिक्ष-यान पर हुआ अनुभव ही है। यदि इस प्रश्नोत्तर को हम देखना उपन्यास के सन्दर्भ में देखें, हमें कहना होगा कि हम सबका जीवन अलग-अलग तरह के प्लेटफ़ॉर्म पर बिताया हुआ जीवन ही है।

–उदयन वाजपेयी

मेरे जीवन में, मित्रता की अनन्यता के साथ हमेशा
उपस्थित रहे चित्रकार मित्रों–आसिफ़, आनन्द टहनगुरिया
और अजय यादव की स्मृति को...

अनुक्रम

प्राक्कथन

कविता का आलोक और उपन्यास

हिन्दी साहित्य में अधिकांश कविताएँ कल्पना के और अधिकांश उपन्यास यथार्थ के ज़िम्मे हो गये हैं। इस वाक्य को थोड़ा सुधारने की ज़रूरत है। हिन्दी की आलोचना को भ्रम है कि कविताएँ कल्पना और उपन्यास यथार्थ से सम्भव होते हैं। ऐसा हो सकना असम्भव है, क्योंकि यथार्थ और उपन्यास के बीच उपन्यासकार की आँखें हैं और ये आँखें (यानी सभी इन्द्रियाँ) केवल देखती भर नहीं हैं, यथार्थ पर अपनी धारणाएँ आरोपित भी करती हैं। हम जो देखते हैं या सुनते हैं, उसमें हम भी अपनी ओर से योगदान देते हैं। सम्पूर्ण वस्तुनिष्ठता का विचार उन्नीसवीं शती के वैज्ञानिकों और उनसे प्रभावित समाजशास्त्रियों और बाज़ार के अलावा कोई नहीं मानता। पर यह विज्ञान वैज्ञानिक चेतना से लैस हिन्दी की औसत आलोचना को बताने से कोई फ़ायदा नहीं। हिन्दी के श्रेष्ठ कवियों की अधिकांश कविताओं में कल्पना और स्मृति की लगभग नियामक भूमिका रही है। यह प्रवृत्ति बीसवीं सदी के प्रसाद और निराला से शुरू होकर अज्ञेय, मुक्तिबोध, शमशेर बहादुर सिंह, श्रीकान्त वर्मा आदि से होती हुई आज के कमलेश, जितेन्द्र कुमार, विनोद कुमार शुक्ल, शिरीष ढोबले, ध्रुव शुक्ल, तेजी ग्रोवर, संगीता गुन्देचा, सपना भट्ट, आस्तीक वाजपेयी और अम्बर पाण्डेय आदि तक आती है। इनके अलावा भी कुछ कवि ऐसे हैं जिनकी कविता में यह प्रवृत्ति प्रमुखता से अपनी भूमिका निभाती है। दुर्भाग्य से हिन्दी उपन्यास में शुरू से ही कल्पना और स्मृति का निवेश उतना नहीं होता आया है जितना उसे प्रभावकारी होने के लिए आवश्यक था। हमारे अनेक उपन्यासकार उपन्यासों के नाम पर गजेटियर लिखते आये हैं। आज भी वही करते जा रहे हैं। लेकिन इसके कई दमकते हुए अपवाद भी हैं।

2

जयशंकर प्रसाद की कृति 'कामायनी' दरअसल भारतीय ढंग से लिखा गया हिन्दी का पहला उपन्यास है। हम चाहें तो इसे पद्य में लिखा उपन्यास कह सकते

हैं। आज तक इसे महाकाव्य कहने वाले आलोचकों को सम्भवत: उपन्यास और महाकाव्य के बीच का अन्तर या तो स्पष्ट नहीं हो सका या उनके लिए इस अन्तर की कोई विशेष भूमिका नहीं रही। उन्होंने कामायनी को बार-बार महाकाव्य कहने में ज़रा भी संकोच नहीं किया। यह इस सैद्धान्तिक फ़र्क़ के बाद भी होता रहा कि महाकाव्य समुदायों के बारे में होता है जबकि उपन्यास का केन्द्र समुदाय से अलग हुआ व्यक्ति होता है। यह वह व्यक्ति है जो बिल्कुल अकेला पड़ गया है, इस अकेले व्यक्ति को किसी भी समुदाय के सदस्य के रूप में परिभाषित नहीं किया जा सकता। चाहे दोस्तोयवस्की का रोस्कोल्निकोव हो या फ्लॉबे की मदाम बावेरी ये दोनों और दूसरे ऐसे ही उपन्यासों के केन्द्रीय चरित्र हमेशा समुदाय से कटे व्यक्ति रहे हैं। जबकि चाहे न चाहे 'रामायण' के नायक राम को रघुवंश के सदस्य के रूप में ही प्रस्तुत किया गया है। इसीलिए यह संयोग नहीं कि 'रामायण' के बाद लिखे कालिदास के 'रघुवंश' में राम के समूचे वंश का या कि समुदाय का ज़िक्र है। इसी तरह 'महाभारत' के विभिन्न चरित्र भी हैं, उन्हें भी उनके समुदायों के सदस्यों के रूप में देखा गया है। 'कामायनी' के नायक मनु का मसला इनसे अलग है। इसमें कोई सन्देह नहीं कि जयशंकर प्रसाद ने मनु को किसी समुदाय के सदस्य के रूप में चरितार्थ नहीं किया। उसका चित्रण बिल्कुल अलग तरह से किया गया है। पृथ्वी पर वह अकेला व्यक्ति है। प्रलय के उपरान्त संसार का पहला मनुष्य। ज़ाहिर है, वह किसी समुदाय से विलगित होकर बना व्यक्ति नहीं है, पर तब भी वह है अकेला, निश्छाय मनुष्य। प्रसाद जी ने यूरोपीय उपन्यास की नक़ल करने की जगह एक बिल्कुल नयी तरह के व्यक्ति की कल्पना की जो समुदाय के टूटने से नहीं बना है, बल्कि जिसे समुदाय में जाने का अवसर ही नहीं मिला है। लेकिन क्या मनु का अकेलापन ही वह अकेलापन नहीं जो हम सब आज अपने भीतर महसूस करते हैं? क्या यह वही अकेलापन नहीं है जो औद्योगिक समाजों के अकेले पड़ गये व्यक्ति के मानस की परतों के नीचे किसी उजले घाव की तरह लौंकता रहता है? इस दृष्टि से देखने पर मुझे यह कहने में ज़रा भी संकोच नहीं है कि 'कामायनी' महाकाव्य न होकर पद्य में लिखा गया अनूठा उपन्यास है। यह आवश्यक न था, न है कि उपन्यास को गद्य में ही लिखा जाये। उपन्यास के बारे में कुछ भी विचार करने से पहले यह जान लेना बेहतर है कि वह कविता का विस्तार है, न कि कहानी का। (आनन्द हर्षुल के उपन्यास इसका जीवन्त प्रमाण हैं।) उपन्यास महाकाव्य के रूपान्तर के फलस्वरूप अस्तित्व में आया है और महाकाव्य जैसाकि उसका नाम ही बता रहा है, काव्य है। पद्य में पहले भी लिये गये और अब भी उपन्यास लिखे

जा रहे हैं। जापान में 'कामायनी' के बरसों बाद युवा उपन्यासकार माची तवारा ने 'कामायनी' की तरह (तन्का) छन्द में एक उपन्यास प्रकाशित किया है 'सेलेड एनवर्सरी'।

3

प्रसाद के बाद मैं जैनेन्द्र कुमार को महत्त्वपूर्ण उपन्यासकार मानता हूँ। जैनेन्द्र कुमार के 'त्यागपत्र' में भाषा की संक्षिप्तता और स्मृति की भूमिका केन्द्रीय है। इस उपन्यास में भी कल्पना का भरपूर उपयोग किया गया है। जैनेन्द्र जी की सृजनात्मकता और प्रेमचन्द जी की साहित्य-दृष्टि के फ़र्क़ का निदर्शन एक रोचक क़िस्सा करता है। जैनेन्द्र जी ने अपनी एक कहानी के 'हंस' पत्रिका में प्रकाशन का यह क़िस्सा एक बार भोपाल में सुनाया था। उन्होंने अपनी एक कहानी को इटली के शहर वेनिस में अवस्थित किया। यह कहानी प्रकाशनार्थ 'हंस' पहुँची। 'हंस' के सम्पादक प्रेमचन्द जी को लगा कि यह किसी विदेशी लेखक की कहानी है जिसका जैनेन्द्र जी ने हिन्दी में अनुवाद किया है। वे यह कल्पना भी नहीं कर पाये कि हिन्दी का कोई कहानीकार अपनी कहानी वेनिस में अवस्थित कर सकता है। इसका फल और क्या होता, वह कहानी वापस कर दी गयी। जैनेन्द्र के बाद दो ऐसे उपन्यासकार हिन्दी में आये जिन्होंने यथार्थ को जस-का-तस देखने की जगह उसमें कल्पना और स्मृति को आयत्त किया। ये उपन्यासकार थे फणीश्वरनाथ रेणु और निर्मल वर्मा। इनके पहले यह काम सीमित अर्थों में अज्ञेय भी कर चुके थे, पर जितनी तल्लीनता और समग्रता से यह सृजनात्मक कर्म रेणु और निर्मल जी के उपन्यासों में हुआ, हिन्दी में अभूतपूर्व था। निर्मल जी ने प्रसाद की तरह पद्य में उपन्यास लिखने की जगह गद्य की गहराइयों में ही कविता को खोज निकाला और फिर ऐसा गद्य लिखा जिसे पाठक अपनी सभी इन्द्रियों से ग्रहण करता है। ऐसा गद्य जिसे पढ़ना विशुद्ध बौद्धिक व्यापार नहीं इन्द्रियों का उत्सव है। इनके साथ ही हिन्दी उपन्यास में एक बिल्कुल नया और कल्पनाशील आयाम लेकर कृष्ण बलदेव वैद के उपन्यास आये। उनके जैसी नाचती भाषा हिन्दी उपन्यास में तब तक दूर-दूर तक नहीं थी। वह हिन्दी भाषा होते हुए भी उसका एक ऐसा विस्तार थी जिसका पूर्वाभास हिन्दी के तब तक के उपन्यासों में कहीं नहीं था। वैद के उपन्यास बरसों इसलिए तिरस्कृत रहे आये क्योंकि उन्हें पढ़ने का शऊर हिन्दी की साहित्य-संस्कृति में था ही नहीं। उस संस्कृति में पोषित पाठक यह सोच भी नहीं पाता था कि ऐसे उपन्यास भी लिखे जा सकते हैं जिनकी कहानी को सुनाया न जा सके और जिनकी नृत्यरत भाषा यथार्थ का विवरण

प्रस्तुत करने के स्थान पर अपने आप से ऐसा खिलवाड़ करती हो जिसका फल हर पाठक को अलग ढंग से प्राप्त होता हो। इन तीनों महान हिन्दी उपन्यासकारों में एक बात सामान्य थी कि इन तीनों का गद्य कविता की ओर जाता हुआ गद्य था। वह 'कवयाता' गद्य नहीं था जिसका इस्तेमाल करने से अमेरिकी कवि विलियम कार्लोस विलियम्स ने हमें दशकों पहले आगाह किया था। कवयाना न सिर्फ़ गद्य के लिए ख़राब होता है, वह कविता के लिए उससे भी ज़्यादा घातक हुआ करता है।

हिन्दी उपन्यास की कल्पना को आधार बनाने के इतिहास में कुछ उपन्यासकार और भी हैं जिन्हें याद करना हिन्दी आलोचना का न सही, इस भूमिका का धर्म अवश्य है। ये उपन्यासकार हैं, कृष्णा सोबती, विनोद कुमार शुक्ल और सुरेन्द्र वर्मा। इन तीनों ने ही अपने उपन्यासों में औपन्यासिक कल्पना को वैसे उड़ने का अवसर दिया है, जैसा हिन्दी में आमतौर पर नहीं हो पाया। हिन्दी साहित्य ने दुर्भाग्य से यूरोपीय बल्कि ब्रिटिश औपन्यासिक मूल्यों को अंगीकार करते हुए देवकीनन्दन खत्री जैसे विलक्षण उपन्यासकार को हाशिये पर डालकर मानो अपनी शुरुआत में ही कल्पनाशीलता को उपन्यास-लेखन-कर्म के निर्णायक कारकों की फ़ेहरिस्त से हटा दिया था।

4

आनन्द हर्षुल के उपन्यासों में औपन्यासिक कल्पना मुख्य भूमिका निभाती है। इनके उपन्यास औपन्यासिक कल्पना के आलोक में यथार्थ को पुनर्विन्यस्त कर एक नये और अप्रत्याशित यथार्थ को जन्म देते हैं। जब मैं यह कह रहा हूँ कि हिन्दी उपन्यास ने कल्पनाशीलता को वह भूमिका नहीं निभाने दी जिसकी वह हक़दार है, मेरे कहने का आशय यह था कि हिन्दी में ऐसे बहुत कम उपन्यास लिखे गये हैं जिनमें उपन्यासकार अपनी कल्पनाशीलता के सहारे अपने चारों ओर के या उससे अधिक व्यापक यथार्थ को रूपान्तरित करते हों। आनन्द के पिछले दोनों ही उपन्यासों में यह रूपान्तरण बेहद ख़ूबसूरती से सम्भव हुआ है। आनन्द उपन्यास कहते नहीं, वाक्य-दर-वाक्य उसे बेहद महीन बुनते हैं। चूँकि यह बुनायी हमारी आँखों के सामने सम्पन्न होती है, हम ख़ुद भी पूरी उत्सुकता के साथ उस बारीक प्रक्रिया का अंग बन जाते हैं। लेकिन तब भी उपन्यासकार की तरह ही हमें देर तक पता तक नहीं चलता कि उनकी इस बुनायी के फलस्वरूप कौन सा रूप या घटना अचानक हमारे सामने आ जायेगी। ऐसे लेखन में पाठक की प्रत्याशा इतनी तीव्र इसलिए रहती है क्योंकि ख़ुद उपन्यासकार के लिए भाषा किसी बने-बनाये या पहले से खोजे जा

चुके सत्य के वहन करने का साधन न होकर, सत्य तक जाने का अनिश्चित मार्ग हुआ करती है। इस लेखन में अप्रत्याशित का पूरी धीरज से इन्तज़ार किया जाता है, उसे प्रकट करने के लिए भाषा पर दबाव नहीं डाला जाता। अधीर पाठक इस धीरज से परेशान हो सकता है पर अगर वह अपने को थामे रख सका/सकी, उसे किसी न किसी अप्रत्याशित दृष्टि का चमकता उपहार मिलना पक्का है। आनन्द के पिछले उपन्यास 'चिड़िया बहनों का भाई' ग़रीब परिवार की कहानी बुनते-बुनते धीरे-से ऐसी छलाँग लेता है कि वह लगभग पौराणिक ऊँचाइयों पर जा पहुँचता है। यह वह जगह है जहाँ आनन्द छत्तीसगढ़ के विलक्षण नाट्य-रूप 'नाचा' की उत्पत्ति का मिथक रच देते हैं। वे 'नाचा' के वर्तमान को अतीत में ले जाकर उसे अपनी कल्पना के सहारे इस तरह रचते हैं कि उसके अस्तित्व में आने की कथा को अपनी तरह से कह सकें। निर्मल वर्मा ने अपने लेख 'कला, मिथक और यथार्थ' में लिखा है कि कला अपने उदात्तम क्षणों में मिथक होने का स्वप्न देखती है। 'चिड़िया बहनों का भाई' में कला का यह स्वप्न बहुत हद तक पूरा होता लगता है। यह उपन्यास एक स्तर पर आवेगमय प्रेमकथा है, एक-दूसरे स्तर पर यह अकेले ग़रीब लड़के भुलवा के और अधिक अकेले होते जाने की दास्तान है। यह सब लगभग स्वयं इन्द्रिय हो गयी भाषा में चरितार्थ होता है।

> चन्द्रमा देख रहा है विराजो के सुन्दर-सुडौल स्तन और नंगी हो गयी जाँघें सुन्दर-सुडौल। थोड़ी ही देर देख पाया चन्द्रमा, फिर उसे भुलवा की देह एक धब्बे की तरह नाचती दिखी विराजो की देह के ऊपर। इस तरह चन्द्रमा ने पहली बार विराजो को देखते हुए यह देखा कि कैसे स्त्री की देह बदल जाती है चन्द्रमा में। स्त्री-चन्द्रमा। देखा कि धरती पर कैसे उगता है एक चन्द्रमा। कैसे धरती आसमान हो जाती है। धरती में अचानक उग आये चन्द्रमा पर कैसे उभरता है एक धब्बा। उभरते धब्बे को कैसे ग्रहण करता है धरती का चन्द्रमा। धरती का चन्द्रमा जैसे उभरे धब्बे को पूरी तरह समा लेना चाह रहा हो अपने भीतर। धरती में उग आये चन्द्रमा को मुग्ध होकर देख रहा है आकाश का चन्द्रमा...

इस उपन्यास का इस आवेगमय प्रेम से अलग एक और स्तर है जहाँ भुलवा, चिड़िया बहनों का भाई, संयोग से ख़ुद को महादेव शिव की दिव्य उपस्थिति में पाता है। यह उपन्यास इस जगह पहुँचकर देवलोक और मनुष्यलोक के बीच के अन्तराल को औपन्यासिक आकाश में कुछ देर के लिए मिटा देता है। महादेव शिव अब अन्य लोक के वासी न रह जाकर उसी लोक में उपस्थित हो जाते हैं, जिसमें

भुलवा जैसे साधारण मनुष्य रहा करते हैं (लेकिन क्या ऐसा एक भी मनुष्य हमारी पृथ्वी पर है या हुआ है जो साधारण हो?)। यह संयोग नहीं कि देवलोक और मनुष्यलोक के बीच के इस अन्तराल का समाप्त होना उपन्यास में एक पर्वत पर होता है। यह पर्वत पौराणिक कैलाश पर्वत नहीं है जिस पर महादेव शिव का वास माना जाता है। यहाँ यह पर्वत 'चिड़िया बहनों का भाई' भुलवा के गाँव के पास का पर्वत है। इस पर्वत की सिर्फ़ यह विशेषता है कि उस पर दो सरोवर हैं : सोनई और रुपई। इन दो सरोवरों से सज्जित इस पर्वत में ऐसा कुछ नहीं है जिसे अलग से दिव्य कहा जा सके। लेकिन आनन्द इस पर्वत को कुछ इस तरह बुनते हैं कि हम उसमें दिव्यता की आसन्नता महसूस करने लगते हैं। हमें यह लगने लगता है मानो यह पर्वत ही कैलाश हो, मानो हर पर्वत में 'कैलाश-तत्त्व' अन्तर्भूत हो जिसे कुशल उपन्यासकार सतह पर ले आता हो। यह पढ़ते हुए मुझे अर्जेन्टाइना के महान लेखक जॉर्ज लुई बोर्खेज़ की कहानी 'पैरासेल्सस का गुलाब' के नायक का एक वक्तव्य याद आया। यह नायक प्रसिद्ध एल्केमिस्ट पैरासेल्सस है। जब इसके पास एल्केमी विद्या को सीखने की इच्छा लिये एक युवक पैरासेल्सस पर अविश्वास के कारण लौट जाता है, पैरासेल्सस दु:खी होकर ख़ुद से यह कहता है, "यह न देख पाना कि यह संसार ही जन्नत है, दरअसल दोज़ख है!" 'चिड़िया बहनों का भाई' में बुना हर स्थान दिव्यता की आसन्नता से स्पन्दित है। वहाँ यह व्यंजित है कि देवलोक और कहीं नहीं, हमारे आसपास ही हैं। यहाँ देवलोक कोई धार्मिक लोक न होकर वह अवकाश है, वह स्पेस है जहाँ कलाएँ अपनी सम्पूर्ण आभा में उद्घाटित होती हैं। दूसरे शब्दों में ये वे स्थान हैं जहाँ सत्य परोसे नहीं जाते, जहाँ उन्हें खोजने के मार्ग उद्घाटित किये जाते हैं।

5

'देखना' आनन्द हर्षुल का नया उपन्यास है। यह अपेक्षाकृत कम पृष्ठों की कृति है। पर इसमें जितनी सघन करुणा व्याप्त है, हिन्दी के बहुत कम उपन्यासों में मिलती है। यहाँ यह कहते चलें कि आनन्द अपने उपन्यासों और कहानियों को कविता के बहुत पास रखकर चलते हैं। यह उनका गद्य-कौशल है कि वे उसे न तो लद्धड़ होने देते हैं और न ही उसे पूरी तरह कविता में फिसलने का अवसर देते हैं। आनन्द का गद्य पढ़ते हुए आपको उसमें कहीं बहुत गहराई से कविता का आलोक उठता हुआ महसूस होता है। मानो कविता की रोशनी में आनन्द का गद्य आकार ले रहा हो। यह बात जितनी 'देखना' के साथ सही है, उतनी ही 'चिड़िया बहनों का भाई' समेत आनन्द की अन्य कृतियों के साथ भी है। वे न तो अपने गद्य को इतना पारदर्शी बनाने

का प्रयास करते हैं कि उसके माध्यम से यथार्थ के ज्यों-के-त्यों दर्शन हो सकें और न ही वे उसे इतना अधिक काव्यात्मक होने देते हैं कि उसमें वर्णित संसार महज़ प्रतीक होकर रह जाये और इस प्रक्रिया में अपनी ऐन्द्रिकता खो दे। 'देखना' देखने के सुख और देखने की पीड़ा के बारे में है। यह देखने के जादू और उसकी सीमा को चिह्नित करता है। यह उपन्यास एक ऐसे बच्चे की कहानी है जिसकी आँखों में बचपन से ही ज्योति नहीं है। उपन्यास में इसका कारण आनुवंशिक बताया गया है। यानी बच्चा, छुटकू अन्धा जन्म से ही अन्धा है। सम्भवत: उसके शरीर में आँखों की ज्योति की 'जीन' नहीं है। उसकी माँ आँखवाली है पर पिता की आँखें वीरान हैं। उसकी माँ ही इस छोटे-से परिवार की आँखें है। उसी की आँखों से छुटकू अन्धा और उसका पिता जितना भी देख सकते हैं, संसार देखते हैं। यह परिवार एक छोटे शहर के प्लेटफ़ॉर्म पर रहता है। आनन्द ने इस उपन्यास में प्लेटफ़ॉर्म पर गुज़रने वाले जीवन को जितनी गहराई से देखा है, उसका जितना विशद वर्णन किया है, मैंने कहीं और नहीं पढ़ा। 'देखना' को पढ़ते हुए आप यह महसूस करते हैं कि जीवन हज़ारों-लाखों तरह से प्रस्फुटित हो सकता है। ग़रीबी में बीतता जीवन मानो किसी विशाल शिला के नीचे उगी घास हो जो किसी न किसी तरह अपने को जीवित रखने का रास्ता खोज ही लेती है। प्लेटफ़ॉर्म पर जीवन बिताते भिक्षार्थी रेलगाड़ी आने पर खिड़की-दर-खिड़की भीख माँगते हैं, कुछ पलों के लिए उनके भीख देने या न देने वालों से रिश्ते बनते हैं, फिर रेलगाड़ी चल पड़ती है, जो भी क्षणिक रिश्ते बने थे, टूटकर बिखर जाते हैं। भिक्षार्थी वापस किन्हीं अभिनेताओं की तरह अपनी-अपनी निर्धारित जगहों पर लौट जाते हैं और अगली गाड़ी का इन्तज़ार करने लगते हैं। कहने को तो 'देखना' में वर्णित यह रेलवे प्लेटफ़ॉर्म का जीवन है पर क्या इस पृथ्वी पर आधुनिक मनुष्य का हर तरह का जीवन ऐसा ही नहीं है? मानो समूची ज़िन्दगी ही प्लेटफ़ॉर्म पर बिताया गया वक़्त है। हमारा आपका घर प्लेटफ़ॉर्म पर बनी बैंचों से ज़्यादा और है भी क्या। अमेरिका के प्रसिद्ध डिज़ाइनर बकमिन्स्टर फुलर ने यह पूछे जाने पर कि अन्तरिक्ष-यान में कैसा अनुभव होता है, कहा था कि हमारी पृथ्वी भी अन्तरिक्ष-यान ही है। आपको यहाँ जो लग रहा है, वह अन्तरिक्ष-यान पर हुआ अनुभव ही है। यदि इस प्रश्नोत्तर को हम 'देखना' उपन्यास के सन्दर्भ में देखें, हमें कहना होगा कि हम सबका जीवन अलग-अलग तरह के प्लेटफ़ॉर्म पर बिताया हुआ जीवन ही है। कोई किसी प्लेटफ़ॉर्म पर जी रहा है, कोई किसी। इस उपन्यास की ख़ूबसूरती इस बात में है कि यह आभास कि हमारी ज़िन्दगी भी प्लेटफ़ॉर्म पर ही बितायी हुई ज़िन्दगी है, इससे सीधे-सीधे व्यक्त नहीं होता। यह केवल तब होता

है जब हम इसे पढ़ने में अपनी कल्पना का उसी शिद्दत से निवेश करें जितना उपन्यासकार ने उसे लिखते हुए किया था। दूसरे शब्दों में यह उपन्यास अपने को किसी भी हाल में अन्योक्ति की तरह प्रस्तुत नहीं करता। उसे पढ़ने की प्रक्रिया में जो बदलाव हमारी दृष्टि में होते हैं, उसी के कारण हमें अपना जीवन प्लेटफ़ॉर्म पर बिताया-सा लगने लगता है और हम अपने जीवन को एक बिल्कुल नये कोण से देखने को बाध्य हो जाते हैं।

6

प्लेटफ़ॉर्म पर रहते भिक्षार्थियों की ग़रीबी और बदहाली से घिरे जीवन में छुटकू अन्धा का देख न पाना इस उपन्यास में एक ऐसी गहरी करुणा का संचार करता है जो उपन्यास के पहले पन्ने से लेकर आख़िरी वाक्य तक तानपूरे की तरह स्पन्दित होती रहती है। न देख पाने का एकान्त कैसा और कितना विशाल होता है, इसका कुछ-कुछ अहसास इस उपन्यास को पढ़कर होता ही है। छुटकू अन्धे के लिए प्लेटफ़ॉर्म का अँधेरा जेल के अँधेरे से अलग नहीं होता। चाहे प्लेटफ़ॉर्म हो या जेल छुटकू अन्धे के लिए ये दोनों ही जगह अन्धकार का अटूट सिलसिला ही हैं। लेकिन इसके साथ ही हमें यह अनुभव भी होता चलता है कि एक इन्द्रिय (देखना) के अभाव में सारा जीवन अर्थहीन नहीं हो जाता। उसका स्वरूप अवश्य बदल जाता है पर उसकी अर्थवत्ता और उसमें तरह-तरह की संवेदनाओं की सम्भावना कम नहीं होतीं। छुटकू अन्धा के युवक होने पर प्लेटफ़ॉर्म पर ही भीख माँगने वाली एक लड़की से उसका इतना सूक्ष्म आत्मीय सम्बन्ध विकसित होता है जो किसी भी व्यक्ति के लिए उपलब्धि ही कही जायेगी। इन दोनों के बीच के इस प्रेम को इतनी बारीकी से आनन्द ने लिखा है कि उसे पढ़कर कुछ ऐसा महसूस होता है जैसे आप बेहद डूबकर गाया गया कोई शाम का राग सुन रहे हों। इस सम्बन्ध की भंगुरता को आनन्द ने ऐसी कुशलता से साधा है कि उसे पढ़ते हुए पाठक लगभग प्रार्थना करता है कि कैसे भी वह भंगुरता चरित्रार्थ न हो जाये। यहाँ यह कहना शायद अनावश्यक हो कि जितना भी कोई सम्बन्ध भंगुर होगा, वह उतना ही गहन और अर्थपूर्ण होगा, उसे उतना ही अधिक जीवन और मृत्यु की परछाइयाँ अलंकृत करेंगी। 'देखना' में अन्धे छुटकू की प्लेटफ़ॉर्म से जेल तक की यात्रा भले ही एक अँधेरे से दूसरे अँधेरे का सफ़र हो, इसमें क़दम-क़दम पर संवेदनाओं के मोड़, हमें क्षण भर को भी उदासीन नहीं होने देते। हम 'देखना' के 'न देखने' को पल-पल घटते हुए देखने की प्रत्याशा में निरन्तर इसे थामे रखते हैं।

7

भारतीय काव्यशास्त्र में यह इशारा मिलता है कि भक्ति और वात्सल्य का श्रृंगार रस में समावेश है। अगर श्रृंगार रस को एक स्केल मान लिया जाये तो उसके एक छोर पर वात्सल्य होगा दूसरे पर स्त्री-पुरुष के प्रेम वाला श्रृंगार। भक्ति बीच में कहीं होगी। 'देखना' में श्रृंगार रस के दोनों छोर अपनी ओजस्विता में प्रकट होते हैं। एक ओर छुटकू अन्धा और मुन्नी का ओस बूँद-सा काँपता प्रेम आकार लेता है, दूसरी ओर छुटकू अन्धे की माँ व छुटकू अन्धे और मुन्नी का अपने-अपने बच्चों के प्रति अनुराग प्रस्फुटित होता है। ऐसा कम होता है कि श्रृंगार रस के स्केल के इन दोनों छोरों को इस सुन्दरता से रूपायित किया जाये, जैसा 'देखना' में हुआ है। वात्सल्य में विरह की पीड़ा उसी तीव्रता से उद्घाटित होती है जितनी 'अभिज्ञान शाकुन्तलम्' में कण्व मुनि व्यक्त करते हैं, जब वे कहते हैं कि शकुन्तला के वियोग का मुझ जैसे आश्रमवासी को इतना कष्ट हो रहा है, अपनी बेटी की विदाई पर गृहस्थों की पीड़ा का कहना ही क्या। 'देखना' उपन्यास के न देखने के अन्धकार में श्रृंगार रस के ये दोनों छोर दो चन्द्रमाओं की तरह चमकते हैं और हमारे चारों ओर गाढ़ा उजास बिखेर देते हैं।

–उदयन वाजपेयी

अध्याय-एक

ना देखना

वह देख पाता तो देखता कि जेल की दीवार कितनी मज़बूत और ऊँची है। ऊँची है इतनी जैसे छू रही हो आसमान। वह देख पाता तो देखता कि जेल की ऊँची दीवारों से देखो तो आसमान, छतरी-सा दिखता है। दिन में नीली और रात में काली छतरी-सा दिखता है आसमान। काली छतरी में, टँके रहते हैं, तारे और चन्द्रमा। नीली छतरी में, सूरज, चन्द्रमा, बादल और मौसम रहते हैं। वह देख पाता तो देखता कि जेल के ऊपर का आसमान हमेशा उदास रहता है। जेल के इस उदास आसमान की काली छतरी में, तारे और चन्द्रमा दिखते तो हैं, पर उनकी चमक धुँधली होती है। जेल के इस उदास आसमान की नीली छतरी में सूरज, बादल और मौसम आते तो हैं, पर आते हैं ऐसे, जैसे यहाँ आने का, उनका मन न हो। आते हैं बेमन से। पर अगर जाते हैं तो जाते हैं ख़ुश होकर। चलो मुक्त हुए, आसमान के इस उदास टुकड़े से जो जेल के ऊपर छतरी-सा तना है। और यहाँ बने रहने से आसमान के इस टुकड़े की चमक धुँधली हो जा रही है। उदासी-सी धुँधली। धुँधले आसमान में, धुँधला जाते हैं–सूरज, बादल, तारे और चन्द्रमा। मौसम सारे धुँधला जाते हैं। वह देख पाता तो देखता कि मौसम किस तरह धुँधलाते हैं, आसमान के उस टुकड़े में जो जेल के ऊपर छतरी-सा तना है। वह देख पाता तो देखता कि जेल का आसमान धुँधलाते मौसमों का उदास आसमान है।

वह देख पाता तो देखता कि हवा में कैसे नाचती हैं सूखी पत्तियाँ, जब हवा रचती है, अपनी हँसी का घेरा। हवा रचती है धूल का बवण्डर। बवण्डर गोल-गोल घूमता। हवा की हँसी के घेरे में, धूल के बवण्डर और सूखी पत्तियों के धूसर रंगों का खेल, वह देख पाता तो देखता। वह देख पाता तो देखता, हवा की हँसी के घेरे से बाहर, नाचते-कूदते, भूत-भूत चिल्लाते, दूर भागते बच्चों को। जिन्हें गोल-गोल नाचता हवा की हँसी का घेरा लगता है भूत-सा कि जिसके भीतर हुए तो वह उड़ाकर

ले जायेगा अपने साथ, जाने किस दुनिया में और इस दुनिया में वह बच्चा फिर कभी कहीं नहीं दिखेगा। वह देख पाता तो देखता कि बच्चे डरते तो हैं हवा की हँसी के घेरे से, पर हवा की हँसी का घेरा, बच्चों के लिए एक खिलखिलाता खेल है।

वह देख पाता तो देखता कि बारिश जब पृथ्वी से टकराती है तो कैसे झमाझम मचलती है अपनी बूँदों में। मचलती बारिश की बूँदों में, भीगती है कैसे पृथ्वी। भींगे हुए फूल, पेड़, पौधे दिखते हैं कैसे, वह देख पाता तो देखता। वह देख पाता तो देखता कि कैसा दिखता है भींगा हुआ मनुष्य इस पृथ्वी पर। हो रही बारिश के बाद कैसा दिखता है आसमान, वह देख पाता तो देखता। वह देख पाता तो देखता कि बारिश बस रचती नहीं है सौन्दर्य। वह दुःख-दर्द भी रचती है। कई बार बहा ले जाती है, जीवन का बड़ा-सा हिस्सा। वह देख पाता तो देखता कि बह गये जीवन के बाद बची उस जगह पर, बचा रह जाता है मटमैला जल और कीचड़। मटमैले जल और कीचड़ में उभरे, मृत्यु के दृश्यों को वह देख पाता तो देखता।

वह देख पाता तो देखता कि कैसे उगते हैं पौधे, कैसे खिलते हैं फूल, कैसे पकते हैं फल। वह देख पाता तो देखता कि कैसे पेड़-पौधे, पर्वत, जंगल, मौसम–रचते हैं रंग पृथ्वी पर। और पृथ्वी उनके रचे रंगों को कैसे सहेजती है। सहेजकर कैसे चमकती है पृथ्वी ब्रह्माण्ड में, वह देख पाता तो देखता। ब्रह्माण्ड का हर ग्रह पृथ्वी से ईर्ष्या करता है कि उसके पास जीवन है। मनुष्य है उसके पास। वह देख पाता तो देखता कि मनुष्य ने पृथ्वी को कितना धनी बना दिया है, अपनी बुद्धि और बल के उपयोग से। वह देख पाता तो देखता यह भी कि मनुष्य ने पृथ्वी को कितना निर्धन कर दिया है अपनी बुद्धि और बल के दुरुपयोग से।

वह देख पाता तो देखता कि मनुष्य की उपस्थिति पृथ्वी पर इस तरह है कि जैसे और किसी जीवित प्राणी की नहीं है। वह देख पाता तो देखता, मनुष्य का चलना, उठना, बैठना, नाचना, हँसना, मुस्कुराना...और यह समझ पाता कि अपने चलने, उठने, बैठने, नाचने, मुस्कुराने, हँसने में, हर मनुष्य कितना अलग है। है कितना मौलिक। वह देख पाता तो देखता ख़ुद अपने चलने, उठने, बैठने, नाचने, मुस्कुराने और हँसने को, चाहे वह यह सब आईने में देखता या देखता कैमरे की नज़र से। वह देख पाता तो देखता आईना। कैमरे का जादू वह देख पाता तो देखता।

वह देख पाता तो देखता कि धूप कैसे उतरती है पृथ्वी पर और पृथ्वी में मौजूद हर वस्तु की छाया रचती है। वह देख पाता तो देखता कि मनुष्य की छाया मनुष्य-सी रहती है हमेशा उसके साथ-साथ। वह देख पाता तो देखता, अपनी छाया को सुबह अपने सामने चलते हुए और शाम को अपना पीछा करते हुए। वह देख पाता तो देखता कि मनुष्य अपनी छाया में जीवित है कि अन्धकार में भी अदृश्य-सी

उपस्थित है मनुष्य की छाया मनुष्य के साथ। मनुष्य की छाया ग़ायब तो पृथ्वी से ग़ायब मनुष्य। वह देख पाता तो देखता, मनुष्य के साथ ग़ायब होती मनुष्य की छाया को। वह देख पाता तो रख पाता, ग़ायब हो गये मनुष्य और उसकी छाया को अपनी स्मृति में। अभी वह मनुष्य की आवाज़ को रखता है अपनी स्मृति में, जब ग़ायब हो जाती है किसी मनुष्य की आवाज़ उसके आसपास से तो ग़ायब हो जाता है वह मनुष्य, उसके लिए पृथ्वी से। वह पेड़ों की छाया नहीं, वह पेड़ों की सरसराहट रखता है अपनी स्मृति में। वह तपतपाती धूप के बाद आयी, पेड़ की छाया को देखता नहीं, वह छाया की ठण्डक महसूस करता है। पेड़ उसकी स्मृति में ठण्डक की सरसराहट हैं।

वह देख पाता तो देखता स्त्री का सौन्दर्य। सौन्दर्य के वे ख़ूबसूरत उतार-चढ़ाव जो सिर्फ़ स्त्री के पास ही होते हैं। वह देख पाता तो देखता, स्त्री की हँसी, स्त्री की मुस्कुराहट, स्त्री का इतराना, स्त्री का शर्माना...। स्त्री के दुःख वह देख पाता तो देखता। वह देख पाता तो देखता स्त्री के आँसू। वह देख पाता तो देखता कि स्त्री की आँखों में होता है, एक ऐसा समुद्र जो अपनी इच्छा पर, कभी आसमान, कभी जंगल, कभी पहाड़, कभी नदी, कभी झरना, कभी मन के सुनसान में बदल सकता है...तो वह देख पाता तो देखता कि स्त्री की देह से ज़्यादा मुखर होती हैं, स्त्री की आँखें। स्त्री की आँखों में, अपनी लहरों से जीवन को थपथपाता समुद्र होता है। इस थपथपाहट के बिना सूना रहता है पुरुष का जीवन। पुरुष का जीवन कई बार इस जीवन को थपथपाते समुद्र की खोज में ही नष्ट हो जाता है।

वह स्त्री को स्पर्श से और आवाज़ से जानता है। स्पर्श और आवाज़ के तिलिस्म में, वह खोजता रहता है अपने लिए जीवन के उस थपथपाते समुद्र को, जो उसके भीतर बसे अँधेरे में, आवाज़ और स्पर्श के जुगनुओं-सा चमकता है कभी-कभी।

वह देख पाता तो देखता कि एक नन्हे बच्चे के पास होती है, सबसे पवित्र, सफ़ेद फूल-सी धवल मुस्कान। ऐसी मुस्कान, ईश्वर के पास भी नहीं रहती है। ईश्वर इस बात पर शर्मिन्दा रहता है कि उसके पास नहीं है बच्चे-सी पवित्र मुस्कान। वह देख पाता तो देखता फ़ोटो में किस तरह ठहर सकती थी उसकी बचपन की मुस्कान, पर उसके बचपन की कोई फ़ोटो कभी खींची ही नहीं गयी है। इस तरह उसके बचपन की मुस्कान गुम गयी बचपन में ही। ना गुमी रहती तो भी वह उसे देख नहीं सकता था कि वह बचपन में जब मुस्कुराता था तो कैसा दिखता था। वह अपनी उस फूल-सी मुस्कान को जो उसके बचपन के पास थी, बिना देखे बहुत पहले ही खो चुका है। अब जो मुस्कान उसके पास है, वह कब, कितने पहले उसके चेहरे पर आयी, यह उसे याद करना पड़ेगा। सच यह है कि उसे मुस्कुराये बहुत दिन हो गये।

वैसे भी थका और हारा आदमी इस तरह मुस्कुराता है, जैसे बस अब रोने वाला हो। वह देख पाता तो देखता अपनी इस रोती-सी मुस्कान को भी।

पर वह देख पाता तो भी यह नहीं देख सकता था कि ईश्वर कैसा दिखता है। सच में ईश्वर, मनुष्य की कल्पना के बाहर क्या है? अगर ईश्वर ने ही उसे रचा है तो आँखें रचना कैसे भूल गया? यह एक बड़ी भूल थी, जिसके लिए ईश्वर को क्षमा नहीं किया जा सकता है। वह कर नहीं पाता था ईश्वर को क्षमा!

ईश्वर जो क्षमा योग्य नहीं था, उसकी कल्पना में, एक काले डोलते मनुष्य-आकार-सा आता था जो कुछ-कुछ उसकी तरह ही था। थोड़ा अजीब और पूरा अन्धा। जो बिना देखे, स्पर्श से वस्तुओं को रच रहा था और लगातार ग़लतियाँ कर रहा था। ईश्वर अक्षमता के मामलों में, उससे एक क़दम आगे ही था कि ईश्वर के पास कान नहीं थे और न ही स्पर्श था ईश्वर की हथेलियों में। तो इस तरह ईश्वर देख तो पाता नहीं था और न किसी को छूकर महसूस कर पाता था। वह सुन भी नहीं पाता था कोई भी आवाज़ या किसी की भी आवाज़। तो उससे ज़्यादा बुरी स्थिति में ईश्वर था और इसके बावजूद, आँखवालों का उस पर इतना भरोसा था कि ईश्वर ख़ुद अटपटा महसूस करता था।

उसका भरोसा ईश्वर पर बिल्कुल नहीं था। उसकी माँ को था और अन्धे बाप को भी था। उसका बाप ढपली बजाते हुए, सूरदास के पद गाता रहा था जीवन भर। यहाँ तक कि जब वह ट्रेन के नीचे आकर मरा तो भी सूरदास का पद गाते हुए, ईश्वर को पुकार रहा था। मनुष्य ईश्वर को कभी दोष नहीं देता था। जीवन में, कुछ अच्छा होता तो वह ईश्वर को उस अच्छे का श्रेय देते हुए, ईश्वर के प्रति कृतज्ञ बना रहता था। बुरा होता तो वह अपने ही भाग्य को कोसता था कि उसका भाग्य ही ख़राब है तो ईश्वर भी क्या करेगा।

अन्धों की दुनिया में भी ईश्वर की उपस्थिति ठीक इसी तरह थी। ईश्वर एक लाठी-सा उपस्थित था वहाँ भी। अन्धे, यह भरोसा करते थे कि अगर ईश्वर चाहे तो आँखें उन्हें वापस मिल सकती हैं। वे मानते थे कि इस जन्म में अन्धा पैदा होना, पूर्व जन्म के किसी पाप की सज़ा है, जिससे सिर्फ़ ईश्वर ही मुक्त कर सकता है... वह देख पाता तो ईश्वर के सामने काँपती-सी उपस्थित, अन्धों की इस गिड़गिड़ाती दयनीयता को भी देख सकता था। देख सकता था कि अन्धों की रोती-गाती भीड़, जाने कितने युगों से, ईश्वर को पुकार रही है। जाने कितने युगों से माँग रही है ईश्वर से आँखें।

वह जन्म से अन्धा है। वह अपने चेहरे को टटोल रहा है जन्म से। टटोल रहा है अपनी समूची देह। वह जानता है कि उसकी देह अद्‌भुत उतार-चढ़ावों से बनी है। ऐसे उतार-चढ़ाव जो जहाँ ख़त्म होते हैं, वहीं से फिर शुरू हो जाते हैं : देह के अनन्त उतार-चढ़ाव। सिर के बालों से लेकर, पैर के नाख़ूनों तक फैले उतार-चढ़ाव। देह जैसे हर दिन अपने को बदलती है। देह जैसे भीतर ही भीतर भागती है। एक अन्धा आदमी अपनी भागती हुई देह को कभी नहीं पकड़ सकता। भागती हुई देह को, आँखवाला आदमी भी, कभी नहीं पकड़ सकता है। देह ही उसे पकड़ती है और बताती है कि वह उसके पास से खोती जा रही है। आँखवाला आदमी उसे बचाने का जतन करता है, पर बचा नहीं पाता और आख़िरकार खो देता है। अन्धे आदमी को उसकी देह कुछ नहीं बताती है। अन्धे की देह, पकड़ ही नहीं पाती अन्धे के दिमाग़ को। अन्धा आदमी ही देह को पकड़ता है, अपने स्पर्शों से। अपने स्पर्शों से देह की आवाज़ सुनता है। सुनता है यह कि वह अपनी देह को धीरे-धीरे खो रहा है। वह अपने स्पर्श से देह को खोने की आवाज़ को सुनता है।

जन्म से ही वह दूसरों के चेहरों को, उनकी आवाज़ों से टटोल रहा है। वह सिर्फ़ आवाज़ें सुन रहा है जन्म से। कोई भी आवाज़ हो। हो कैसी भी। आवाज़ उसके कानों को छूते ही स्पर्श बन जाती है। वह आवाज़ सुनता है और उसे स्थूल में सोचता है। अगर मनुष्य की आवाज़ है तो वह उस आवाज़ से, उस मनुष्य के चेहरे को रचने की कोशिश करता है और यह रचाव उसके अपने चेहरे के उतार-चढ़ाव के आसपास घटित होता रहता है। अगर पानी के गिरने की आवाज़ है तो वह हथेली में गिरती बूँदों को सोचता है। सोचता है पानी का गीलापन। वह पानी में भीगने से पहले, पानी की गीली आवाज़ से भीग जाता है।

उसने धूप को नहीं देखा है। नहीं देखा है सूरज को। चन्द्रमा को भी नहीं देखा है। उसने सुबह और शाम को नहीं देखा है। उसने नदी और पहाड़ को नहीं देखा है। उसने मनुष्य को नहीं देखा है। उसने इन्हें सुना है बस। सुना है उनसे, जिनके पास आँखें हैं। इस तरह एक सुनी हुई दुनिया में, मनुष्य...धूप...सुबह...शाम... चन्द्रमा...सूरज...तारे...नदी...पहांड़...उसके भीतर आते और जाते हैं। सुनी हुई दुनिया में, मनुष्य...धूप, सुबह, शाम, चन्द्रमा...सूरज...तारे...नदी...पहाड़...का आभास, उसके भीतर आता और जाता है। सुनी हुई दुनिया से, दूसरों की देखी हुई दुनिया की तलछट उसके पास रहती है।

बहुत-सी चीज़ों को वह अपने स्पर्श से भी जानता है। हैं जो उसके आसपास। हैं जो उसके स्पर्श की हद में। वह अपने रास्ते में आयी वस्तुओं को, अपनी छड़ी से छूता है। छूता है फिर अपनी हथेलियों से। वह अपने दिमाग़ में उनका आकार रचता

है। रचता है वह उनकी जगह कि वे कहाँ हैं। उसकी रची जगह में चली गयी वस्तु को, जहाँ वह थी, वहाँ से अगर कोई उस वस्तु को हटाये नहीं तो वह हमेशा उसके दिमाग़ में, उसी आकार की उसी जगह पर बनी रहेगी।

इसके बिल्कुल अलग, बहुत सी चीज़ें ऐसी भी हैं जो स्वयं छूती हैं उसे। धूप छूती है उसे : वह सूरज को महसूस करता है। छूती है हवा उसे : वह मौसम को महसूस करता है। छूती है गन्ध उसे : वह सुगन्ध-दुर्गन्ध को महसूस करता है। छूती है आवाज़ उसे : वह महसूस करता है मनुष्यों को, पशु-पक्षियों को और उन वस्तुओं को जिनके भीतर है आवाज़। रोशनी भी छूती है उसे, पर वह रोशनी को महसूस नहीं कर पाता है।

अगर हमारे पास पूरा शरीर है, पर आँखें नहीं हैं तो हमारे पास बहुत कुछ नहीं रहता है। दुनिया में कितने सारे रंग है। रंग आपस में मिलकर नया रंग रच लेते हैं। रंगों की असंख्य छवियाँ हैं। पर अन्धे के पास रहता है, बस एक ही रंग। एक ही रंग रहता है : गहरा काला रंग। कोलतार की तरह काला और चिपचिपा। चिपचिपा इतना कि हम कभी उसे, अपने मन से छुड़ा नहीं सकते। कितना भी उसे खींच लो वह मन से जुड़ा ही रहता है–रबड़-सा। खींचो-तानो और फिर छोड़ो, तो वापस वहीं। कितनी भी कोशिश कर लो, उसे मन से बाहर खींच पाना मुश्किल ही है। और हम कभी यह नहीं समझ पाते हैं कि यह जो काला है, बहुत से रंगों की तरह, पृथ्वी पर एक रंग ही है। तो आवाज़ें जो बन जाती हैं एक अन्धे की देह का स्पर्श, काले रंग की विविधता को रचती हुई ही बनती हैं स्पर्श। बिना आँख के आदमी के लिए, स्पर्श और आवाज़, काले रंग की विविध छवियाँ हैं। इन छवियों में ही, पृथ्वी को महसूस करता है एक अन्धा आदमी। एक अन्धे आदमी के पास, मनुष्य, पशु-पक्षी और वस्तुओं की आवाज़ ही उनकी पहचान है। अगर वह उन्हें स्पर्श कर पाया तो स्पर्श ही आकृति की पहचान है। आवाज़ और स्पर्श, यह दो छोरों पर, वे चीज़ें हैं, जिनके बीच हवा में, तनी हुई रस्सी पर, एक अन्धा आदमी जीवन भर चलता है। गिरता है औंधे मुँह और गिरकर फिर उसी रस्सी पर चढ़ता है। यह जो स्पर्श और आवाज़ की रस्सी है, उसके जन्म से मृत्यु तक तनी हुई रस्सी है। यही तनी हुई रस्सी उसका जीवन है।

वह अन्धा है। उसका बाप भी अन्धा था। माँ के पास आँखें थीं। पर कई बार वह अपनी आँखों को खोने की सोचती थी कि वह उन जैसी हो सके। अपने बेटे जैसी।

अपने पति जैसी। आँखें थीं, फिर भी माँ के हाथों में एक डण्डा रहता था। जिसका एक छोर माँ के हाथ में था और दूसरा बापू के हाथ में। माँ अपने आँखों के साथ, एक छोर को पकड़े आगे चलती थी। बापू दूसरे छोर को पकड़ा, वह माँ के पीछे चलता था–बिना आँखों के। दो लोगों के बीच, एक के पास ही आँख थी। दो लोग, एक जोड़ी आँख के साथ, ट्रेन के आने पर, प्लेटफ़ॉर्म पर, इस छोर उस छोर होते रहते थे। उसका अन्धा पिता, अपने दाहिने हाथ में पकड़े, अल्यूमिनियम के कटोरे को हिलाता रहता, जिससे सिक्कों की खनक की आवाज़ बिखरती रहती। सिक्कों की खनक से अल्यूमिनियम का वह कटोरा बदरंग हो चुका था–जगह-जगह से। पर यह सिक्कों की बिखरती आवाज़, लोगों की भावना को दिशा देती थी। दया की दिशा। और अन्धे पिता के हाथ के कटोरे में सिक्के बढ़ते जाते थे। माँ के चेहरे से कातरता टपकती थी लगातार। वह भी अपने दाहिने हाथ के कटोरे को, अपने माथे की ओर ले जाते हुए, सिक्कों की आवाज़ बिखेरती रहती थी। प्लेटफ़ॉर्म में, जितनी ट्रेन आतीं–सुबह से लेकर शाम तक, वे दोनों इस प्लेटफॉर्म से उस प्लेटफ़ॉर्म तक दौड़ते रहते। बाक़ी समय प्लेटफ़ॉर्म के बाहर बैठे रहते–एक जगह पर जो दो नम्बर प्लेटफ़ॉर्म जाने वाली सीढ़ी के नीचे थी और एक नम्बर प्लेटफ़ॉर्म में नहीं जाने वाले सभी यात्री, इसी सीढ़ी से, दो से पाँच नम्बर तक के प्लेटफ़ॉर्म के लिए जाते थे। कटोरे में अक्सर खाने का सामान भी गिरता था, यह बचा-खुचा रहता, पर अगर ताज़ा रहता तो उस बचे-खुचे के पास उन्हें पूरा स्वाद मिलता था। अगर खाना उतरा होता तो उसे वे फेंक देते और मन ही मन, देने वाले को गलियाँ बकते और कोसते थे। पता नहीं उनकी गालियों और कोसने का असर, उतरा खाना देने वाले पर क्या होता था...वे चलते-चलते गिर पड़ते थे या नहीं...उनके मुँह में कीड़े पड़ते थे या नहीं...पर अन्धे और उसकी पत्नी के भीतर गाली देने के बाद, एक गहरा सन्तोष आता था...यह लगभग कुछ इस तरह का सन्तोष था जो भर पेट खाने के बाद आता है...

इन दोनों ने ही उसे पैदा किया था। पाँच नम्बर प्लेंटफ़ॉर्म के एक छोर पर, मालगाड़ी के एक छूटे हुए पुराने डिब्बे में उसका जन्म हुआ था, जिसमें उस शाम भी बाहर से इतना ज़्यादा गहरा अँधेरा था कि मालगाड़ी के उस डिब्बे के टूटे दरवाज़े से आती शाम की नीली रोशनी, उस अँधेरे को दूर नहीं कर पा रही थी। माँ के ऊपर, माँ की साथिन भिखारी औरतें झुकी हुई थीं...माँ की प्रसव-पीड़ा उनके बीच से फूट रही थी, जैसे दर्द की चिनगारियाँ फूट रही हों...और इन दर्द की चीख़ती चिनगारियों के बीच वह पैदा हो गया था...माँ और भिखारिन औरतें पसीने से लथपथ थी, पर ख़ुश थीं...वे नवजात के रोने की आवाज़ को सुन रही थीं...ग़नीमत है कि वह मरा

नहीं था और ज़िन्दा पैदा हुआ था...आमतौर पर भिखारियों के तीन में से दो बच्चे मरे हुए पैदा होते थे और उन्हें इसकी आदत हो गयी थी...वे मरे बच्चे पर नहीं चौंकते थे...पर जीवित बच्चा उन्हें चौंकाता था और ख़ुश कर जाता था...

उसके पैदा होते ही किसी को यह पता नहीं चला कि वह अन्धा पैदा हुआ है। उसकी माँ को पता चला, पर उसमें समय लगा। सबसे पहले तो उस नन्हे नवजात को ही पता चला कि वह अँधेरे में उगती आवाज़ों के बीच है कि उसके लगातार हिलते हाथों और पैरों की लय और उसके रोने की आवाज़, दोनों ही–नहीं दिख रही आवाज़ों में, कहीं गुम हो रहे हैं। बच्चा पैदा होते ही अपने हाथों और पैरों से उन आवाज़ों को सुनने की कोशिश कर रहा था, जिन्हें वह देख नहीं पा रहा था और जो गहरे काले रंग में डूबी हुई थीं। यह जो गहरा काला रंग था, यह उस बच्चे के साथ ही पैदा हुआ था। एक बिना आँखों का बच्चा जब जनमता है तो उसके साथ ही जनमता है उसके हिस्से का काला गहरा रंग और उसकी मृत्यु तक उसके साथ बना रहता है।

माँ को जल्द ही पता चल गया कि जिस बच्चे को उसने पैदा किया है, वह चीज़ों को देख नहीं रहा है, बस सुन रहा है। एक अन्धे आदमी के साथ, वह दो बरसों से जीवन चला रही थी और अब अन्धों को इतना तो समझ ही गयी थी कि अपने बेटे के अन्धेपन को पहचान ले। माँ को, पहले से ही इस बात की आशंका थी कि भीख की सहूलियत में, जिस अन्धे आदमी को उसने अपने जीवन में अटका लिया है, उसके साथ सोने का यह परिणाम हो सकता है। जबकि वह यह चाहती नहीं थी कि उसका बेटा अन्धा पैदा हो। वह यह भी नहीं चाहती थी कि उसका बेटा भीख माँगे, जैसे वह और उसका अन्धा पति माँगते हैं। कोख के भीतर जब वह आ गया था, तब से वह स्टेशन पर जितने लोगों को रोज़ देखती, उनमें से कुछ को चुनती और जो आमतौर पर 'एसी' में यात्रा कर रहे लोग होते और कल्पना करती कि बेटा हुआ तो मैं उसे ऐसा बनाऊँगी और बेटी हुई तो ऐसी। एक भीख माँगती स्त्री का, इस तरह सोचना किसी को भी हास्यास्पद लग सकता था, पर सोचने में किसका बस है। सोचने से वह अपने को रोक नहीं पाती थी। यह अलग बात है कि माँ ने अपने अन्धे बच्चे के लिए जो सोचा वह कभी पूरा नहीं हुआ। बच्चा जैसे-जैसे बड़ा होता गया, अपने आँखोंवाली माँ और बिना आँखों वाले बाप से, भीख माँगने के गुर सीखता गया। यह सीखने का एक सहज तरीक़ा था। बच्चा अपने आसपास से ही सीखता है, फिर बच्चा चाहे आँखोंवाला हो या हो फिर अन्धा।

अध्याय-दो

ना देखने का बचपन

भीख माँगते पकड़ लिये जाने पर, माँ के हाथों उसकी पिटाई होती थी। तब वह जहाँ पर माँ की मार पड़ती, स्टेशन की ठीक उसी जगह, उकड़ूँ बैठ देर तक रोता रहता था। यात्रियों की आवाजाही के बीच बैठा, इतना ज़्यादा रोता कि माँ को उसे उठाने वापस आना पड़ता। जब तक वह नहीं आती, वह रोता रहता। रोता अन्धा बच्चा, ज़्यादा दया पैदा करता था–यात्रियों के भीतर। बिन माँगे भीख मिलने लगती। सिक्के गिरने लगते, रोते अन्धे बच्चे के आसपास। रोता अन्धा बच्चा, रोते-रोते सिक्के उठाता जाता। इस तरह माँ धीरे-धीरे हारती गयी और भूलती गयी अपने अन्धे बच्चे का भीख माँगना। अब वह रो-रोकर भीख माँगने लगा था। रोता-रोता अब वह प्लेटफ़ॉर्म के फ़र्श पर लोटने भी लगता था। लोट-लोट कर रोता अन्धा बच्चा और अधिक दया पैदा करता था। सिक्के उसकी देह पर गिरते थे, बरसते तो ख़ैर अब भी नहीं थे। हुआ यह कि अब वह ऐसा अन्धा बच्चा था जो जब चाहे तब, रो सकता था। अब उसे रोने के लिए माँ की पिटाई की ज़रूरत नहीं थी। प्लेटफ़ॉर्म पर घुसती ट्रेन की सीटी की आवाज़ पर वह रो पड़ता था और तब तक रोता रहता, जब तक वह ट्रेन सीटी बजाती फिर प्लेटफ़ॉर्म से गुज़र ना जाती।

सच यह भी था कि उसकी माँ को यह ठीक-ठीक पता नहीं था कि वह अगर भीख न माँगे तो उसकी जगह क्या करे? माँ ठीक-ठीक यह जानती नहीं थी कि रेलगाड़ी के 'एसी' डिब्बों से, जिन्हें उतरते या चढ़ते वह देखती थी, वैसा बना कैसे जाता है...उसकी माँ भी इसी स्टेशन पर ही पैदा हुई थी। इसी स्टेशन के प्लेटफ़ॉर्मों पर ही भीख माँगते बड़ी हुई थी। माँ के पास भी, इस स्टेशन से बाहर की दुनिया ज़्यादा नहीं थी। दुनिया जितनी थी उसके पास, उसमें यह जानकारी नहीं थी कि चमकता हुआ आदमी कैसे बना जाता है...यह भी जानकारी नहीं थी कि चमकता हुआ आदमी क्या काम करता है...कि चमकता हुआ आदमी कहाँ और कैसे रहता है...

इस स्टेशन में उस जैसे ढेरों बच्चे थे जो भीख ही माँगते थे और कभी-कभी छोटी-मोटी चोरियाँ भी कर लेते थे। उन बच्चों को यह स्वीकार करने में कभी संकोच नहीं हुआ कि चोरी में ज़्यादा मज़ा है। भीख माँगने के लिए चेहरे को दयनीय बनाना पड़ता है, जबकि चोरी इस दयनीयता से बाहर घटित होती है और भीतर एक अदृश्य ताक़त का एहसास होता है। यह अलग बात है चोरी करते पकड़े जाने पर, भीख माँगने से कई गुना ज़्यादा दयनीयता का सामना करना पड़ता है और पिटाई का कष्ट भी झेलना पड़ता है। पर वह अन्धा था और चोरी नहीं कर पाता था। चोरी के लिए आँखें ज़रूरी थीं। वह अपने साथी बच्चों से चोरी को सुनता था और उसका मज़ा लेता था। वे बहुत छोटी-छोटी चोरियाँ थीं। जैसे प्लेटफ़ॉर्म के दूकानदारों की आँख से बचाकर खाने का कोई सामान, बिस्किट का पैकेट, आलूगुण्डा, मुट्ठी भर भजिया आदि उठा लेना था। प्लेटफ़ॉर्म के बच्चे हमेशा भूखे रहते थे और खाने की चीज़ों की ही चोरी करते थे। कभी-कभी कोई बच्चा, उसे भी चोरी की चीज़ खिलाता और पूछता कैसा है? अच्छा, वह कहता। वह बच्चा इसलिए पूछता कि वह चोरी के बाद की उत्तेजना से लबालब भरा रहता था। पर वह अन्धा था और वह चोरी नहीं कर सकता था तो चोरी की गयी खाने की चीज़ और भीख माँगकर मिली खाने की चीज़ में, वह कोई अन्तर महसूस नहीं कर पाता था। दोनों उसे एक जैसी ही लगती थीं। जबकि जो बच्चे चोरी करते थे, उनके लिए, खाने की उस चीज़ में, चोरी का अलग-सा स्वाद रहता था। वह भीख माँगने पर मिली चीज़ से, हमेशा उनके लिए ज़्यादा स्वादिष्ट बनी रहती थी।

किसी चीज़ का कहीं पड़ा मिल जाना तो बिल्कुल चोरी नहीं थी। चीज़ें आँखें न होने के बावजूद, उसे मिलती रहती थीं। इसमें वह अपने साथी बच्चों से ज़्यादा भाग्यवान था। प्लेटफ़ॉर्म पर यात्रियों से छूट गयी चीज़ें, उसे ढूँढ़ लेती थीं। वह प्लेटफ़ॉर्म टटोलता तो वे मिल जाती थीं। ऐसा रोज़ नहीं होता था, पर होता रहता था। यह कभी-कभार से थोड़ा ज़्यादा ही होता था। उसे लगता था, चीज़ें उसके लिए पड़ी रहती हैं, जब तक उन्हें वह टटोलकर पा न ले। चीज़ें एक अन्धे बच्चे का इन्तज़ार करती रहती हैं कि अन्धा बच्चा पायेगा उन्हें और टटोलेगा कौतुक से, जैसा कोई आँखवाला कभी नहीं टटोल सकता है। चीज़ें एक अन्धे बच्चे के स्पर्श का इन्तज़ार करती हैं और सिर्फ़ इसलिए वे अपने असली मालिक के हाथों से छूट जाती हैं। असली मालिक उन्हें ढूँढ़ता रहता है और वे एक अन्धे बच्चे के स्पर्श के नीचे दुबकी पड़ी रहती हैं।

एक बार उसे एक घड़ी मिली थी। एक बेंच पर पड़ी टिक-टिक बजती : अकेली। तो टिक-टिक के क़ारण उसने उसे बहुत डरकर छुआ। उसने सुन रखा था

कि बम भी ऐसा ही टिकटिकाता है। पर वह बम नहीं थी, घड़ी थी। उसकी छुअन के नीचे वह गोल थी और गोल को बाँधने के लिए चमड़े का पट्टा था। उसकी छुअन के नीचे वह चीज़ उसके लिए नयी थी। अब तक मिली सारी चीज़ों से वह अलग थी। तुरन्त उसे उसने अपनी हाफ़ पेंट की जेब में डाल लिया था। यह ज़रूरी था, नहीं तो आँखोंवाले भिखारी बच्चे, उसे मिली चीज़ को छीनकर भाग जाते थे बेआवाज़ और वह कभी पता नहीं लगा सकता था कि किस बच्चे ने उसकी चीज़ छीन ली है। प्लेटफ़ॉर्म में आमतौर पर इतना शोर बना रहता था कि उनकी पदचाप से भी उन्हें पहचानना मुश्किल था, जिसमें इधर वह माहिर होता गया था। सबसे पहले उसकी माँ और पिता की पदचाप की पहचान उसके भीतर जागी थी, फिर वह इस गुण को साधने लगा और अब इस प्लेटफ़ॉर्म के बहुत से लोगों को उनकी पदचाप से पहचान लेता है। भिखारी बच्चे भी इस बात को अच्छी तरह जानते थे कि यह अन्धा तब तक पहचान नहीं सकता, जब तक आवाज़ न हो। वह प्लेटफ़ॉर्म के अपने साथी बच्चों को, उनकी आवाज़ से ही, उनके नाम को जोड़ते हुए पहचानता था। बहुतों को उनकी आवाज़ से और कुछ को उनकी पदचाप से भी। पर जब घड़ी मिली तो वह ख़ुद आवाज़ कर रही थी। उसके जेब से बाहर भी घड़ी की टिक-टिक की आवाज़ गिर रही थी। ग़नीमत है कि किसी बच्चे का ध्यान, घड़ी की इस गिरती आवाज़ की ओर नहीं गया। हो सकता है, कोई बच्चा आसपास रहा ही ना हो तो घड़ी बच गयी और वह उसे अपनी माँ के पास ले जा पाया, यह पूछने कि यह क्या है?

माँ के मुँह से घड़ी देख जो पहला शब्द निकला, वह था, "वाह..."

वह एक सुनहरी घड़ी थी, सुनहरे पट्टेवाली। माँ की 'वाह' इसलिए थी कि घड़ी देखते ही उसे लगा था कि वह ठीक-ठाक पैसा देकर जायेगी। वह जानती थी कि इस घड़ी को कोई नहीं पहन सकता था। पहने और फँसे। कोई भी पुलिसवाला कलाई में घड़ी देखते ही पकड़ लेगा। चोरी का इल्ज़ाम लगाते हुए, हाथ उठायेगा और घड़ी छीन लेगा। फिर पुलिसवाला उसे बेधड़क पहनकर घूमेगा, जैसे उसने उसे ख़रीदा हो। छीनने का अधिकार, छीनी हुई वस्तु को, अपनी समझ लेने का, अनैतिक अधिकार पैदा करता है। यह अनैतिकता, नीचे से ऊपर तक फैली हुई है। अगर पुलिस का सिपाही एक भिखारी से घड़ी छीन सकता है तो सिपाही से हेड कांस्टेबल घड़ी छीन सकता है और हेड कांस्टेबल से, सब इंस्पेक्टर घड़ी छीन सकता। इसी तरह सब इंस्पेक्टर से इंस्पेक्टर...अपने से कमज़ोर से छीन लो सिर्फ़ इसलिए कि तुम जहाँ कमज़ोर हो, तुमसे कोई दूसरा छीन रहा है जो तुमसे ज़्यादा ताक़तवर है। यह कितना अजीब है। इस अजीब का यह एक अनन्त सिलसिला है, जिसका ओर-छोर पता नहीं चलता है। यह सिलसिला पूरी दुनिया में कायम है। यह सिलसिला इस स्टेशन पर भी क़ायम है।

'वाह' के बाद माँ बहुत देर ठिठकी रही। वह खा रही थी कुछ–तीन नम्बर के सूने प्लेटफ़ॉर्म पर बैठी। अकेली। 'वाह' शब्द उसके कौर से भरे मुँह को पार कर बाहर आया था। अब वह सोच भी रही थी। अपने बेटे से घड़ी, वह अपने हाथ में ले चुकी थी और उसे ग़ौर से देख रही थी। घड़ी महँगी लग रही थी। उसके अन्धे बेटे को, यह अब तक पता नहीं था कि घड़ी को कलाई में पहनते हैं और ना उसे यह बताना है। नहीं तो वह घड़ी पहनने की ज़िद कर सकता है। बच्चे की ज़िद पूरा करने गयी तो मुसीबत ही आयेगी। सुनहरी घड़ी पूरे प्लेटफ़ॉर्म पर फैल जायेगी। प्लेटफ़ॉर्म पर तब सिर्फ़, सुनहरी घड़ी की टिक-टिक ही सुनाई देगी और बाक़ी सब आवाज़ें ग़ायब हो जायेंगी। यहाँ तक कि रेलगाड़ी के जाने और आने की आवाज़ भी नहीं बचेगी। वह भी धड़ी की टिक-टिक के नीचे दब जायेगी। ऐसा ही होता है और ऐसा ही होगा।

"क्या है...", माँ की लम्बी चुप्पी को पार कर उसने फिर पूछा। उसका सिर लगातार ऊपर-नीचे हिल रहा था एक लय में, अपने अन्धेपन को, अपनी जिज्ञासा से टटोलता।

"यह घड़ी है...कहाँ मिली?," माँ ने पूछा।

"घड़ी क्या होती है?" उसने पूछा। कहाँ मिली' का उसने कोई जवाब नहीं दिया। वह जानता था कि 'कहाँ मिली' में माँ की कोई दिलचस्पी नहीं रहती है।

"घड़ी समय बताती है..." माँ ने कहा।

"समय...समय क्या होता है?"

"समय जो बीतता है सूरज के साथ...सूरज उगता है तो सुबह होती है...सूरज डूबता है तो रात होती है...समय की घड़ी सूरज से जुड़ी है..." माँ को समझ नहीं आ रहा था कि एक अन्धे बच्चे को यह कैसे समझाये?

इससे पहले बच्चे ने यह पूछा नहीं था। इससे पहले माँ ने कभी किसी को समझाया भी नहीं था। माँ को उसकी माँ ने भी कभी नहीं समझाया था। माँ की माँ, समझा भी नहीं सकती थी। माँ की माँ पागल थी। माँ की माँ को यह तक पता नहीं था कि माँ किसकी बेटी है। पगली की बेटी जो अब उसकी माँ थी को भिखारियों ने मिल-जुलकर पाला था और जैसे ही वह भीख माँगने लायक़ हुई, वैसे ही उसे स्टेशन पर भीख माँगने के लिए छोड़ दिया था। तो उसकी माँ के पास जो स्कूल था, वह यही स्टेशन था। स्टेशन ही हमेशा उसका भी स्कूल बना रहा। बना रहा स्टेशन ही हमेशा उसका घर। माँ की माँ, कब कहाँ ग़ायब हुई किसी को पता नहीं चला। झोंक-झोंक में किसी ट्रेन में बैठ, कहीं निकल गयी होगी और इस स्टेशन को भूल गयी होगी। इसलिए उसकी माँ के पास, अपनी पगली माँ की यादें बहुत

ही धुँधली-सी हैं। इतनी धुँधली कि अब अपनी माँ का चेहरा उसके जेहन में बनता नहीं है। इसलिए जीवन भर, उसकी माँ को यह लगता रहा है कि वह आसमान से टपकी है, इस स्टेशन पर इसलिए कि एक अन्धे से शादी कर सके और एक अन्धे बच्चे को पैदा कर सके।

"इसे कहाँ पहनते है...घड़ी को..." अन्धे बच्चे ने पूछा।

"भग...भिखारी इसे नहीं पहनते...पर इससे जो पैसा मिलेगा...मैं तेरे लिए कुछ अच्छा ख़रीद दूँगी...चल एक नयी क़मीज़ ख़रीद दूँगी...नयी क़मीज़ पहनकर फिर तू मटकना..." माँ ने मुस्कुराते हुए कहा। जबकि वह जानती थी कि बेटे को मुस्कुराहट तो दिखने से रही। बेटा भी मटकने से रहा। मटकने के लिए, मटकते हुए किसी को देखना ज़रूरी था। ठुमकने के लिए, किसी को ठुमकता देखना ज़रूरी था। कुछ बातें, शरीर की भंगिमाएँ देखकर ही सीखी जा सकती थीं। माँ ने सोचा कि अगर वह नयी क़मीज़ अपने अन्धे बच्चे के लिए ले पायी तो उसे वह मटकना सिखायेगी। उसकी कमर को पकड़ मटकायेगी उसे। तब पूरा स्टेशन एक अन्धे बच्चे को नयी क़मीज़ पहनकर, मटकता और इतराता देखेगा।

"तूने कभी बताया नहीं कि सूरज भी होता है...होता है तो कहाँ रहता है..." अन्धे बच्चे ने कुछ सोचने के बाद, नाराजगी से कहा, "कैसे डूबता है...कैसे रहता है सूरज?"

"आसमान सूरज का घर है...वह सुबह पूरब से उठता है और उठता जाता है आसमान की ओर और पश्चिम में जाकर धरती में डूब जाता है...जैसे ही सूरज पूरब से उठता है, सुबह होती है और जैसे ही पश्चिम में डूबता है रात हो जाती है..."

माँ की बात बच्चे को समझ में नहीं आयी। बेटे ने तो आसमान भी नहीं देखा था। माँ की बात में अब पूरब और पश्चिम दिशा भी जुड़ आये थे। अन्धे बच्चे के लिए दिशा को समझना अभी तो मुश्किल ही था। वह समझ जाता अगर माँ उसे उगते सूरज के सामने खड़ा कर कहती कि जिधर तुम देख रहे हो वह पूरब है... तेरी पीठ की ओर पश्चिम है...दक्षिण तेरे दायें हाथ की ओर है...और उत्तर है तेरी बायीं ओर...

माँ को, अपने अन्धे बच्चे को देखकर दु:ख हुआ। बेटे के भीतर, दिन और रात का समय, एक काली अँधेरी सुरंग के भीतर घट रहे थे। वहाँ दिन भी रात थी और रात तो रात थी ही। बेटे का चेहरा प्लेटफ़ॉर्म की छत की ओर था और ज़ोर-ज़ोर से हिल रहा था, जैसे सूरज को खोज रहा हो आसमान में। वह उसे सूरज दिखा तो नहीं सकती थी, पर महसूस करा सकती थी, उसने सोचा।

"छुटकू, कल मैं तुझे सुबह 'एक्सप्रेस' के गुज़रते ही उठा दूँगी। हम यहाँ से बाहर चलेंगे सूरज देखने...मैं तुझे बताऊँगी कि सूरज कैसे उगता है...फिर हम शाम को उसका डूबना और चाँद का आना देखेंगे। कल तैयार रहना...अब चल...बापू को ले आते हैं, मेल आने वाली है..."

मेल एक नम्बर प्लेटफ़ॉर्म पर आयेगी। उन्हें तीन से एक तक पहुँचना है। मेल के प्लेटफ़ॉर्म में घुसने के बाद, उसके ठहरने तक का समय, उनके पास है। यह बहुत समय है। तीन नम्बर से एक नम्बर पहुँचने तक, उनके पास इतना समय है कि वे इस दूरी के बीच, गाड़ियों का इन्तज़ार करते लोगों से जाते-जाते भी भीख माँग सकते थे।

माँ-बेटे, जब तीन नम्बर प्लेटफ़ॉर्म के आख़िरी छोर पर बापू के पास पहुँचे तो वह गाँजे के धुएँ में डूबा हुआ था। उसके चारों ओर गाँजे की ख़ुशबू का घेरा था। उस घेरे के भीतर बापू अकेला नहीं था। साथ उसका दोस्त गोविन्द भी था, जिसे माँ और पूरा स्टेशन, गँजेड़ी गोविन्द कहता था जो एक कुली था और जितना कमाता, गाँजे में उड़ा देता था।

माँ की गालियों से बचने के लिए, उकड़ूँ बैठा गँजेड़ी गोविन्द तुरन्त उठ खड़ा हुआ और सफ़ाई देने लगा, "देख मुझे कुछ मत कह, मैं इसे नहीं पिला रहा था। मैं चुपचाप जा रहा था, इसने ही मुझे आवाज़ देकर बुलाया है। तू तो जानती है न...यह मुझे, मेरे पैरों की आवाज़ से पहचान लेता है..."

यह सच था। वह जानती थी कि उसका अन्धा पति पदचाप से भी अपने क़रीब के लोगों को पहचान लेता है, जैसे वह उसे पहचानता है, सिर्फ़ उसकी पदचापों से। कभी यह बात उसे बहुत, अच्छी लगती थी, जब शादी से पहले अन्धा, उसे उसकी पदचापों से पहचान लेता था, तब उसे यह प्रेम लगता था। पर अब इधर आकर अन्धे पति का यह गुण उसे भारी लगने लगा है। वह कई बार बिना पैरों की आवाज़ के होना चाहती है। अन्धे अपने क़रीब के लोगों को उनकी पदचाप से पहचान लेते हैं, पर साथ ही वे इतनी जिज्ञासा से भरे रहते हैं कि उनके सवालों का जवाब देते-देते आँखवाली पत्नी थक जाती है, क्योंकि पति के लिए देखने का भार भी उसे ढोना पड़ता है। यह एक ऐसा भार है जिसका वज़न लगातार बढ़ता जाता है। इसलिए इन पाँच सालों के भीतर, अन्धे की पत्नी को कई बार यह लगा है कि वह इस भार को पटककर कहीं भाग जाये।

सही है कि गँजेड़ी गोविन्द तो गाँजे की ख़ुशबू से भी महमहा रहा होगा तो उसे पहचानना अन्धे के लिए क्या मुश्किल है। गँजेड़ी गोविन्द की ओर वह घूरती देखती

रही और कहा कुछ नहीं। गँजेड़ी गोविन्द, उसकी घूरती नज़र को वहीं छोड़ ग़ायब हो गया।

गँजेड़ी गोविन्द को उसके अन्धे पति से दोस्ती इतनी पसन्द है कि वह फिर आयेगा, वह उसे घूरेगी या गाली बकेगी तो वह सुनेगा और फिर आने के लिए ग़ायब हो जायेगा। उसका अन्धा पति और गँजेड़ी गोविन्द, प्लेटफ़ॉर्म नम्बर तीन के उस कोने में जो एक तरह से, उस अन्धे का ही कोना बन गया था बरसों से, वे आजू-बाज़ू बैठ, एक ही चिलम से गाँजा पी रहे थे और यह करते हुए भी उन्हें बरसों हो गया था। चाहे आँखें हों या ना हों, मनुष्य अपने जीवन में ऐसे कोने चुनता ही रहता है जो माँ के गर्भ-सी उसे सुरक्षित और आत्मीयता से भरे लगते हैं और वह बार-बार उन्हीं जगहों की ओर जाता है। वे तर्कविहीन जगहें होती हैं, जिनका अर्थ किसी के पूछने पर बता पाना हमेशा मुश्किल रहता है। गँजेड़ी गोविन्द का साथ, उसके अन्धे पति के लिए, एक ऐसी ही जगह थी। वह कितनी भी गाली बके इस साथ के लिए अन्धे को, अन्धा उसका साथ नहीं छोड़ सकता था। वह जानती थी यह।

"चल, हो गयी तेरी मस्ती बहुत...अब काम पर लग..." गाँजे में टुन्न अपने अन्धे पति को डण्डे से कोचकते हुए, उसकी माँ कह रही थी। अन्धा उकड़ूँ बैठा था तो डण्डे के कोचकने से लुढ़कते-लुढ़कते बचा। इस लुढ़कने की खीज, उसके चेहरे पर दिखी। उसकी निर्जीव आँखों की पलकें, खीज से मिचमिचा गयी थीं। अगर उसके पास जीवित आँखें होतीं तो वह अपनी पत्नी को उसकी इस हरकत पर ज़रूर घूरता। पर कुछ क्षणों बाद ही वह डण्डे के उस छोर को पकड़ कर खड़ा हो गया, जिस छोर ने अभी-अभी उसकी दाहिनी कमर को कोचका था।

गाँजे में टुन्न-पति, कोशिश कर बेमन से उठा था। उसके पास अपनी पत्नी का विरोध करने की ताक़त नहीं थी। वह उसके सहारे ही था। वह नहीं रहती तो वे भूखे मरते–वह और उसका अन्धा बेटा। आँखें सिर्फ़ उसके पास थीं। चीज़ें उसकी नज़रों से गुज़रती थीं तो चीज़ों को लेकर दिमाग़ भी उसके पास ज़्यादा था। अन्धा-पति यह सोच नहीं पाता था कि बग़ैर आँखवाली पत्नी के साथ जीवन आसानी से कैसे काटा जा सकता है। और यही वह जगह थी कि वह अपनी पत्नी की किसी भी बात का, न चाहते हुए भी विरोध नहीं करता था। बहुत कम, कभी-कभार ही वह कंझाता था और तब वह ज़ोर से चीख़ता और उसके चीख़ने की आवाज़ पूरे प्लेटफ़ॉर्म पर गूँजती थी। सब अन्धे की इस चीख़ को पहचानते थे जो महीने दो महीने में एकाध बार गूँजती ही थी। उसकी चीख़ पूरे प्लेटफ़ॉर्म पर गूँजती थी। प्लेटफ़ॉर्म के पुराने लोग, चीख़ सुन मुस्कुराते और नये लोग चौंक जाते कि किसकी चीख़ है यह दर्दनाक। उस चीख़ में अन्धेपन की लाचारी का दर्द था।

छुटकू अन्धा जो अपनी माँ से लगा खड़ा था, बस बाप के उठने और माँ के डण्डे के सिरे को पकड़ने का इन्तज़ार कर रहा था। वह इन आहटों की आवाज़ों को अच्छी तरह पहचानता था। बाप उठा तो माँ ने छुटकू का कन्धा पकड़ उसे बाप के पीछे खड़ा कर दिया। बाप की कमर में एक रस्सी बँधी थी जो बाप के पतलून की बेल्ट-सी थी। छुटकू अन्धे की दाहिनी हथेली ने, बाप के कमर में बँधी रस्सी को कसकर पकड़ लिया। अब वे तीनों एक नम्बर प्लेटफ़ॉर्म पर जाने को तैयार थे। माँ सबसे आगे। माँ के डण्डे का एक सिरा पकड़ा हुआ उसका अन्धा पिता। पिता के कमर की रस्सी पकड़ा हुआ छुटकू अन्धा।

भीख में छुटकू अन्धे को शामिल कर लेने का विचार उसकी माँ को बहुत बाद में और अचानक ही आया था। छुटकू जब बस पाँच साल का था तो रोज़ की तरह भीख़ के लिए निकलने से पहले, छुटकू को खिला-पिलाकर, उसकी माँ ने रोज़ की तरह कहा कि यही रहना, इधर-उधर ज़्यादा होना नहीं, सहारे के साथ ही रहना। छुटकू का सहारा, प्लेटफ़ॉर्म में बसती दीवारें, ओवरब्रीज की रेलिंग, साथी आँख वाले बच्चों के हाथ और कन्धे आदि थे। सहारा नहीं थे–हवा, धूप, शाम, रात... सहारा नहीं थे अपरिचित लोग, अपरिचित आवाज़ें...अपरिचित कन्धे सहारा नहीं थे...सबसे विश्वस्त सहारा माँ का हाथ और उसका आसपास था। यह ऐसा सहारा था, जिसकी बराबरी और कोई नहीं कर सकता था। पर छुटकू ने उस दिन अपनी माँ की बात को उस तरह नहीं सुना, जिस तरह वह रोज़ सुन लेता था। सुना नहीं तो किया नहीं। जैसे ही माँ चलने के लिए पलटी तो वह उठ खड़ा हुआ। उठने के लिए बाप की कमर की रस्सी उसका सहंारा बनी और वह उसे पकड़े-पकड़े बाप के पीछे-पीछे वैसे ही चलता गया, जैसा उसका बाप, उसकी माँ के पीछे-पीछे जा रहा था। माँ को पता ही नहीं चला बहुत देर। पिता को पता था, पर पिता ने कहा नहीं माँ से। पिता ने उसे एक खेल में बदल दिया था। वह अपने बायें ख़ाली हाथ को पीछे ले जाकर, बीच-बीच में उसकी उपस्थिति टटोल रहा था। यह कि वह पीछे है या नहीं...छूट तो नहीं गया। ज़ाहिर है जैसे ही वह छूटता, वह माँ को सावधान कर देता। पर छुटकू ख़ुद बहुत सावधान था। वह कस कर पिता के कमर की रस्सी को पकड़े हुआ था। माँ को बहुत देर बाद अपने इस अचम्भे से पता चला कि आज उसे भीख देने से कोई मना क्यों नहीं कर रहा है। पूरी ट्रेन और प्लेटफ़ॉर्म के शोर को पार कर लेने के बाद, जब वह थककर पलटी तो उसे अपने बाप के कमर की रस्सी पकड़े, इधर-उधर एक लय में सिर हिलाता छुटकू दिखा।

"कुत्ता, तू कैसे आ गया?" माँ ने उससे कहा। उसने कोई जवाब नहीं दिया। एक लय में सिर को हिलाता रहा।

और उस दिन के बाद, वह अपने माँ-बाप के भीख माँगने की यात्रा का, अभिन्न हिस्सा बन गया। वह एक लाभप्रद हिस्सा था और उसकी माँ अब चाहकर भी उसे हटा नहीं पा रही थी।

माँ धीरे-धीरे 'एसी' के आभिजात्य लोगों में उसे देखना भूल गयी। वह समझ गयी कि मालगाड़ी के टूटे डिब्बे में, पैदा किये बच्चे के लिए ऐसा स्वप्न देखना व्यर्थ है।

इस तरह वह अपने बाप की, कमर में बँधी रस्सी पकड़, बड़ा होता गया और उसे पता भी नहीं चला कि बाप की कमर की रस्सी, कब उसके हाथ से छूट गयी। बड़ा होना ऐसा ही होता है। आँख वालों की दुनिया में, रोशनी के फैलने-सा होता है वह। पर उसकी दुनिया में वह आवाज़ों के फैलने-सा था। उसके लिए एक धीमी साँस की लय भी अब एक स्पष्ट आवाज़ थी। आवाज़ों को सुनने और पहचानने में, उम्र के साथ वह माहिर होता गया। जैसे-जैसे वह बड़ा होता गया–उसके दिमाग़ में, ज़्यादा से ज़्यादा आवाज़ें इकट्ठी होती गयीं। प्लेटफ़ॉर्म की सारी आवाज़ें उसके पास थीं। उम्र जैसे-जैसे बढ़ती गयी, आवाज़ें भी बढ़ती गयीं। जिन चीज़ों के पास आवाज़ नहीं थी, जैसे सूरज की धूप, चन्द्रमा की रोशनी, बारिश, जैसे पानी का चहबच्चा, पत्थर के टुकड़े, जैसे प्लेटफ़ॉर्म की बेंच, खड़ी हुई रेलगाड़ी...जैसे चुपचाप बहता हवा का कोई झोंका...यह ऐसी चीज़ें थीं कि जिनके स्पर्श में ही, उनकी आवाज़ छिपी हुई थी। इनमें से कुछ उसे छूती निकल जाती थीं, जैसे हवा, धूप, रोशनी, बारिश... ये सब उस पर बरसती थीं उसे छूने के लिए। और कुछ को उसकी देह छूती थी, जैसे पानी का वह चहबच्चा जो पैर पड़ते ही छप से बजता था। पत्थर का टुकड़ा, जिसकी ठोकर से पैर की अँगुलियाँ, लहूलहान हो जाती थीं। चीज़ों की सूची अनन्त थी, जिससे उसकी देह टकराती या टकरा सकती थी। पर वह अब उन्हें सुन लेता था। स्पर्श की आवाज़ें, किसी भी सामान्य आवाज़ से कठिन रहती थीं और उन्हें सुनने के लिए बहुत एकाग्रता लगती थी। पर एक अन्धा आदमी जिसे आवाज़ों कि दुनिया में ही जीना है, वह इस एकाग्रता को साध ही लेता है। एक अन्धा आदमी एक बार जिस वस्तु से टकराता है, वह फिर बार-बार बिना उससे टकराए उस वस्तु के स्पर्श को सुन लेता है।

छुटकू अन्धा अब गाने लगा था। वह गाता और अपने आसपास लोगों कि आहट से यह जान लेता कि वह कितने लोगों के लिए गा रहा है। एक के लिए या एक से अधिक के लिए। फिर जाने कब उसकी माँ ने उसे ढपली पकड़ा दी। समय

लगा पर गाने की लय पर ढपली से ध्वनि निकलने लगी। छुटकू अन्धे की आवाज़ थोड़ी भारी और खरखरी-सी थी जो किसी फ़िल्मी या लोकगीत को, नया रंग दे देती थी। कुछ इस तरह कि लगता था, ऐसा सिर्फ़ छुटकू अन्धा ही गा सकता है। दूसरा कोई नहीं गा सकता है। उसे मालूम नहीं था कि उसके बाप के सूरदास के भजन सुनने वाले जाने कब से कम हो गये थे। उसका बाप गाता तो उसे सुनने उतने लोग नहीं ठिठकते, जीतने छुटकू अन्धे के लिए ठिठककर रुक जाते थे। अब वह ट्रेन में गाता हुआ, एक-दो स्टेशन तक आगे जाता और ट्रेन में गाता हुआ, एक-दो स्टेशन से लौट आता था। लौटने की ट्रेन के इन्तज़ार में जितनी देर वह खड़ा रहता, प्लेटफ़ॉर्म के यात्री उसका गाना सुनते रहते। वह अब अपने स्टेशन से गुज़रने वाली एक-एक ट्रेन की आवाजाही से वैसा ही परिचित था, जैसे चिड़िया अपनी उड़ान से परिचित रहती। चिड़िया उड़े कहीं के लिए भी क्यों ना, लौटती अपने घोंसले में है।

अध्याय-तीन

गँजेड़ी गोविन्द का देखना

गँजेड़ी गोविन्द, छुटकू अन्धे के बाप का एक मात्र दोस्त था। वे ऐसे दोस्त थे कि आपस में एक वाक्य भी बिना बोले, घण्टों साथ बैठे रह सकते थे। दोनों साथ गाँजा पीते थे और साथ बैठ बतियाते थे। छुटकू अन्धे के बाप को दुनिया भर की बातें, गँजेड़ी गोविन्द से ही पता चलती थीं। वह, उसकी माँ के अलावा, उसके अन्धे बाप की अतिरिक्त आँखें था जो उसे दुनिया दिखाती थीं। दुनिया न सिर्फ़ स्टेशन की, बल्कि स्टेशन के बाहर की दुनिया भी, गँजेड़ी गोविन्द ही उसके अन्धे बाप के पास लाता था।

गँजेड़ी गोविन्द सुबह का अख़बार ले, उसके बाप के साथ बैठता था लगभग रोज़। दो कट चाय, अख़बार और बीड़ी। अख़बार वह ख़रीदता नहीं था। वह अख़बार बेचने वाले से उसे लेता। पढ़ता। फिर वापस कर देता। स्टेशन के जिस अख़बार बेचने वाले लड़के को गँजेड़ी गोविन्द सुबह-सुबह छुटकू अन्धे के बाप के पास बैठा दिखता, वह उसे अख़बार दे देता। गँजेड़ी गोविन्द ज़ोर-ज़ोर से अख़बार पढ़ता कि अँधा उसे सुन सके। छुटकू अन्धे का बाप अख़बार सुनते हुए लगातार अपनी मुण्डी, ऊपर से नीचे, धीमे-धीमे हिलाता रहता था। हिलती मुण्डी के नीचे, उसके चहरे पर, ख़बरों का उतार-चढ़ाव दिखता रहता। जैसे चेहरा समुद्र का किनारा हो और ख़बरें लहरें हों। किसी भयानक ख़बर को सुनकर उसका चेहरा दु:ख की लहर में डूब जाता था। कोई अच्छी ख़बर जो कभी-कभार ही अख़बार में मिलती थी, उन्हें पाकर अन्धे का चेहरा खिल जाता था फूल की तरह। फूल भी ऐसा कि जिसमें आँसुओं की ओस जमी हो।

अख़बार पढ़ने के बाद गँजेड़ी गोविन्द अख़बार वापस करने, उस लड़के को ढूँढ़ता और अख़बार दे आता। इस आदान-प्रदान में गँजेड़ी गोविन्द बिल्कुल नहीं मुस्कुराता। अगर वह मुस्कुराता भी था तो अपने भीतर मुस्कुराता था। उसकी मुस्कान चेहरे पर नहीं आती थी। गाँजें के नशे में डोलती उसकी मुस्कान, उसके

मन के भीतर नाचती रहती थी। पर अख़बारवाले लड़के जो रोज़ अलग-अलग होते, ज़रूर मुस्कुराते। आश्चर्य था कि सारे अख़बारवाले लड़के एक-सा मुस्कुराते थे। जिस किसी दिन, गँजेड़ी गोविन्द किसी कारण से दिखता नहीं तो सारे अख़बार बेचने वाले लड़कों के पास, गँजेड़ी गोविन्द के हिस्से का अख़बार बच जाता था और मुस्कुराहट भी बची रह जाती थी। उस सुबह वे सब एक साथ अटपटा महसूस करते, जिस सुबह में अख़बार पढ़ता गँजेड़ी गोविन्द नहीं रहता था। इस स्टेशन के सारे अख़बार बेचने वाले लड़कों को, गँजेड़ी गोविन्द का अख़बार पढ़ना अच्छा लगता था।

बिना अख़बार के अटपटा तो छुटकू अन्धे का बाप भी महसूस करता था कि अख़बार सुने बिना उसे बेचैनी होती थी और वह गँजेड़ी गोविन्द के आलावा, दूसरा कोई उसे नहीं सुना सकता था। उसकी पत्नी यानी छुटकू अन्धे की माँ को पढ़ना-लिखना आता नहीं था। आता तो भी वह उसे अख़बार सुना पाती, इसका भरोसा करना थोड़ा मुश्किल था। ज़ाहिर है, यह उसके लिए फ़ालतू काम ही था जो गँजेड़ी ही कर सकते थे। जितनी देर वह अपने अन्धे पति को अख़बार पढ़कर सुनाती, उतनी देर भीख माँग लेना ज़्यादा सही उसे लगता।

सुबह बस इतना ही रहता था। बीड़ी, दो कट चाय और अख़बार। चाय और बीड़ी का ख़र्चा हमेशा गँजेड़ी गोविन्द ही उठाता था। अन्धे ने एक-दो बार पैसा देने की कोशिश की, पर गँजेड़ी गोविन्द नहीं माना। इसका कोई कारण नहीं था, बस उसका मन नहीं करता था कि वह अन्धे से पैसा ले। सुबह गाँजा नहीं रहता था। रहता था गाँजा दोपहर बारह के बाद ही। दोपहर के बाद वह बना रहता था, गँजेड़ी गोविन्द के भीतर, देर रात तक। गाँजा, गँजेड़ी गोविन्द के साथ ही रात में सोता था और सुबह उठता था। छूटकु-अन्धे का बाप इतना गँजेड़ी नहीं था, दिन में एक-दो बार ही वह पीता था। अकेले कभी नहीं पीता था। पीता था वह गँजेड़ी गोविन्द के साथ ही। गँजेड़ी गोविन्द अगर ग़ायब हो जाये, तो छुटकू अन्धे के बाबू के जीवन से गाँजा भी ग़ायब हो सकता है, ऐसा छुटकू अन्धे की माँ कहती थी। पर वह गँजेड़ी गोविन्द को ग़ायब नहीं कर सकती थी। गँजेड़ी गोविन्द जितना उसके बाबू के जीवन में धँसा हुआ था, उतना ही उसकी माँ के जीवन में भी धँसा हुआ था। बाबू के जीवन में धँसा वह सबको दिखाता था। पर सबको यह दिखता नहीं था की उसकी माँ के जीवन में वह किस तरह धँसा है।

गँजेड़ी गोविन्द आठ साल की उम्र में, इस स्टेशन पर उतरा था ख़ाली हाथ। वह एक ट्रेन के पायदान पर बैठे-बैठे और रोते-रोते यहाँ तक आ गया था। जहाँ से वह चला

था सुबह-सुबह, वहाँ से इस स्टेशन तक न जाने कितने स्टेशनों पर गाड़ी रुकी, पर वह किसी स्टेशन पर नहीं उतरा, यात्रियों के उतरने के लिए जगह देने, पायदान से उठता था और जब तक स्टेशन पर गाड़ी खड़ी रहती वह दरवाज़े के पास दुबका खड़ा या बैठा रहता। उतरते यात्री उसे घूरते और उसका रोने का मन करता था। मन करता रोते-रोते यात्रियों के साथ उतर जाने का। पर उतरते-उतरते वह पता नहीं क्यों नहीं उतरता। उतरते-उतरते कुछ यात्री अपना बचा खाना उसे भिखारी समझ पकड़ा गये थे। वह इतना भूखा था कि वही खाना उसके अब तक काम आया था। जब ट्रेन आधी रात इस स्टेशन पर पहुँची तो उसने पता नहीं क्या सोचा और इस स्टेशन पर उतर गया। इस बार उतरते-उतरते रुका नहीं। जबकि आधी रात उस स्टेशन पर उसके डिब्बे से बस एक-दो यात्री ही उतरे थे। वह उतरते यात्रियों के पीछे उतर गया। आधी रात का स्टेशन बहुत ख़ाली था। था उनींदा-सा। स्टेशन यात्रियों के उतरने से जागा और उनके बाहर जाते ही फिर उनींदा हो गया, जैसे स्टेशन बहुत थका हुआ हो और उसकी नींद को खरोंचकर यात्री चले गये हों।

उनींदे स्टेशन के इस प्लेटफ़ॉर्म के आख़िरी छोर पर, नन्हे गोविन्द को एक सीमेंट की ख़ाली बेंच दिखी, जिसमें किसी दानदाता सेठ का नाम लिखा था, उस पर वह सो गया। वह इतना थक चुका था जो सोया तो गहरी नींद में चला गया। उसकी गहरी नींद के आसपास स्टेशन के उनींदेपन का घेरा था, जैसे उस थके-भागे बच्चे की नींद का सुरक्षा-घेरा हो। दान की बेंच पर खुदा सेठ का नाम था जो बेचैनी से, सोते नन्हे गोविन्द को देखता रहा रात भर। सेठ का नाम, रात भर अटपटा-सा महसूस करता रहा। क्योंकि बेंच पर खुदे सेठ के नाम को ग़रीबों से दया नहीं थी। सेठ जब तक जीवित रहा, इसलिए दान करता रहा कि उसका नाम जीवित रहे। मन्दिर में एक ट्यूबलाइट भी उसने जीते जी दान की तो उस पर अपना नाम लिखाकर दान किया और ईश्वर शर्मिन्दा होता रहा। अभी स्टेशन शर्मिन्दा हो रहा है। इस शहर में ऐसी बहुत-सी जगह हैं जो इस नगर सेठ के नाम से शर्मिन्दा हैं।

नींद में ही नन्हे गोविन्द को, अपनी माँ याद आयी, जिसने उसे पैदा किया था और पैदा करते ही मर गयी थी और जिसे उसने सिर्फ़ फ़ोटो में देखा था। उसके बाप ने उसे दिखाया था कि यह है तेरी माँ और कहता था रोज़ इसे प्रणाम किया कर, इसी ने तुझे पैदा किया है। उसका बाप अपनी मरी पत्नी से प्रेम करता था। वह अपने इस बेटे से भी प्रेम करता था–जिसे पैदा करते हुए वह मर गयी थी। उसने कभी भी यह नहीं सोचा कि बेटे के कारण उसने पत्नी को खो दिया है। सब कुछ ठीक ही था।

वह बाप और बेटे का समय था। पिता अपने नन्हे बच्चे को किसी माँ की तरह ही सम्हाल रहा था। सहायता के लिए उसके पिता की बूढ़ी माँ थी। नन्हे गोविन्द की दादी भी उसे बहुत चाहती थी। वह अपनी दादी से लिपटा ही पड़ा रहता। दादी माँ की कमी को, शायद माँ से अधिक पूरी कर रही थी।

गँजेड़ी गोविन्द आज भी अपनी दादी की देह की गन्ध को महसूस करता है। उसकी दादी तवे में फूलती रोटी-सी महकती थी। कभी-कभी फूलती रोटी के फट जाने से निकली गरम भाप-सी भी दादी महकती थी।

एक दिन नन्हा गोविन्द जब स्कूल से शाम को घर आया तो घर थोड़ा ज़्यादा भरा-भरा-सा उसे लगा। लगा थोड़ा अलग-अलग-सा। हमेशा पास खड़े रहने वाला घर, थोड़ा दूर-दूर-सा लगा। घर में लाल साड़ी पहनी एक साँवली स्त्री पिता के साथ खड़ी थी। उसे समझ नहीं आया कि वह क्या करे...वह अचकचा गया था। लौट जाये या खड़ा रहे घर की देहरी पर या आगे बढ़े, वह सोच नहीं पा रहा था। तभी पिता ने मुस्कुराते हुए उसे अपनी ओर बुलाया। जैसे ही वह उनके सामने पहुँचा, पिता ने उस स्त्री से कहा कि यह मेरा बेटा है और अब यह तुम्हारा भी बेटा है।

स्त्री ने, नन्हे गोविन्द की ओर हाथ बढ़ाया और वह खिंचा उसके पास चला गया। उसने उसके सर पर हाथ फेरा। फिर बैठ गयी उसके सामने फ़र्श पर और उसके गालों को चूमते हुए कहा कि अब मैं तेरी माँ हूँ...नन्हे गोविन्द ने यह मान लिया कि उसकी मरी माँ जीवित हो गयी है। यह अलग बात थी कि फ़ोटो में जो माँ थी और जिसे नन्हा गोविन्द रोज़ प्रणाम करता था, उससे इस माँ का चेहरा बिल्कुल मिलता नहीं था।

नयी माँ उसका बहुत ख़याल रखती थी। सुबह जब नन्हा गोविन्द उठता तो देखता नयी माँ का चेहरा। सोता तो सोने से पहले दिखता नयी माँ का चेहरा। माँ उसे उठाती, नास्ता कराती, स्कूल के लिए टिफ़िन तैयार करती। स्कूल छोड़ने जाती। स्कूल से लेने जाती। शाम को जो वह खाना चाहता, ख़ुश-ख़ुश बनाकर देती। वह खेलकर वापस आता तो उसका होम-वर्क कराती। वह सोता तो सोने के पहले दिखता नयी माँ का चेहरा मुस्कुराता। मुस्कुराता उसकी नींद के भीतर भी दिखता नयी माँ का चेहरा। अब वह फ़ोटोवाली माँ को प्रणाम करना भूलने लगा था। जिस दिन वह भूलता, फ़ोटोवाली माँ फ़ोटो से उसे देखती रह जाती। फ़ोटो में माँ के चेहरे का भाव बदल जाता। लगता वह दुःखी है।

यह सब चला आबाद एक बरस। इस एक बरस में नयी माँ की देह में, एक और जीव आ गया। नयी माँ नन्हे गोविन्द की नन्हीं हथेली को पकड़, अपना पेट छुआती जो रोज़ थोड़ा-थोड़ा बढ़ रहा था।

"इसके भीतर तेरा भाई है..." कहती और मुस्कुराती, "भाई आयेगा तो तुझे ज़्यादा अच्छा लगेगा...खेलना तू उसके साथ..."

फिर वह नन्हे गोविन्द को उसके कानों को बारी-बारी अपने पेट से टिकाती कि नन्हा गोविन्द अपने भाई की हलचल को सुन सके। नन्हे गोविन्द को यह एक नया खेल मिला गया था, वह देर तक नयी माँ के पेट में, अपने छोटे भाई की हलचल खोजता रहता और जब कोई एक बारीक-सी हलचल मिलती, वह ख़ुशी से चीख़ उठता था। और नयी माँ उसके सर पर हाथ फेरते मुस्कुराती रहती थी।

नन्हे गोविन्द के लिए छोटा भाई कोई अपरिचित शब्द नहीं था। उसके कई दोस्तों के छोटे भाई थे जो जितना एक-दूसरे को चाहते थे, उतना ही एक-दूसरे से झगड़ते थे। वह नयी माँ से पूछता कि यह मुझसे झगड़ा तो नहीं करेगा। नयी माँ कहती कि करेगा तो पीटना उसे, तेरा छोटा भाई है। उसे अच्छी बातें सीखाना तेरा काम है।

"नहीं, मैं उसे कभी नहीं पिटूँगा," नन्हा गोविन्द कहता और नयी माँ मुस्कुराती। फिर लाड़ में उसे चूम लेती। कहती, "तू मेरा अच्छा लड़का है..."

पर यह सब टिक नहीं पाया ज़्यादा दिन। बदल गया सब कुछ। जैसे ही नयी माँ की गोद में छोटा आया। नयी माँ का सारा ध्यान छोटे ने खींच लिया–पूरी तरह अपनी ओर। छोटे के लिए नयी माँ का प्रेम जैसे-जैसे बढ़ता गया, नन्हे गोविन्द के लिए नयी माँ की दुत्कार बढ़ती गयी वैसे-वैसे। फिर दुत्कार के साथ-साथ मार भी पड़ने लगी। शुरू-शुरू में सिर पर एकाध चपत रही मार। धीरे-धीरे मार गालों पर झापड़ और पीठ पर मुक्कों में बदल गयी। अब नन्हा गोविन्द अपनी नयी माँ को फूटी आँख नहीं सुहा रहा था...वह उसे देखती और चिढ़ जाती। वह उसे देखता और सहम जाता।

नन्हे गोविन्द के स्कूल की किताब में, ध्रुवतारे की कथा थी। ध्रुव ब्रह्मा के पुत्र मनु का पोता था। ध्रुव के पिता राजा उत्तानपाद थे। उस समय राजा और धनिक दो-चार विवाह करते थे। उत्तानपाद ने भी दो शादियाँ की थीं। एक पत्नी सुरुचि, दूसरी सुनीति। ध्रुव सुनीति का पुत्र था। सुरुचि चाहती थी कि उसका पुत्र उत्तम राजा का एक मात्र स्नेह पात्र बने। बने राजा उत्तानपाद का उत्तराधिकारी। सुरुचि के पास धुव के लिए गहरी ईर्ष्या थी। इतनी गहरी जैसे समुद्र का तल को छू रही हो। क्योंकि ध्रुव ज्येष्ठ रानी सुनीति का पुत्र था। था राज्य का नियमानुसार उत्तराधिकारी। एक दिन नन्हा ध्रुव अपने पिता उत्तानपाद की गोद में जाकर बैठ गया। सुरुचि ने यह देखा तो उसकी भृकुटी तन गयी। ध्रुव पिता का स्नेह पाता इससे पहले ही, उसकी दूसरी माँ सुरुचि ने उसे पिता की गोद से खींचकर नीचे उतार दिया, यह कहते कि तुम इसके योग्य नहीं हो। पिता उत्तानपाद ने अपनी प्रिय पत्नी की इस हस्तक्षेप पर

कोई आपत्ति नहीं की। वह निरीह भाव से, गोद से उतारे गये पुत्र को, रोता हुआ कक्ष से बाहर जाते, देखता भर रह गया। पिता उसी क्षण ध्रुव के लिए मर गया। रोता हुआ ध्रुव, अपनी माँ सुनीति के पास पहुँचा और उसने अपनी माँ से पूछा कि मुझे पिता की गोद में बैठने क्यों नहीं दिया जाता? क्यों नहीं हूँ मैं पिता के स्नेह का अधिकारी? अपने पुत्र को अत्यन्त दुःखी देख सुनीति के मुख से निकल गया कि बैठना है तो भगवान विष्णु की गोद में बैठो और उनका स्नेह पाओ...ध्रुव ने पूछा–वे कहाँ मिलेंगे? माँ सुनीति ने दिशा उत्तर की ओर अपनी अँगुली उठाते हुए कहा कि इस दिशा में मिलेंगे भगवान विष्णु। ध्रुव उस दिशा की ओर चल पड़ा, जिस दिशा की ओर माँ की अँगुली थी।

नन्हा गोविन्द अब ध्रुवतारा बनना चाहता था। चाहता था आसमान में टँक जाना तारा बन। उसका पिता उत्तानपाद बन गया था और नयी माँ बन गयी थी सुरुचि। सुनीति उसकी मरी हुई माँ की फ़ोटो में दिखती थी।

एक रात जब नन्हा गोविन्द मार खाकर भूखा सोया तो वह दरअसल सोया ही नहीं। जागता रहा भीतर ही भीतर–रात भर। उसका बाप और नयी माँ, छोटे के साथ, कमरा बन्द कर सो रहे थे। और वह रोते-रोते चौके में ही सो गया था। खाने की थाली, जिसमें दो रोटी, पतली दाल (जो उसकी थाली तक आते-आते हमेशा पतली हो जाती थी, वही दाल नयी माँ और बाप की थाली में गाढ़ी रहती थी) थोड़ा चावल और लाल भाजी थी थोड़ी-सी। परसी थाली उस छोटे बच्चे को देख रही थी, जो उसे बिना खाये भूखा सो गया था। उस नींद में भी रोते बच्चे को देखती पड़ी रही परसी थाली। दुःखी रही परसी थाली उस रात।

नन्हे गोविन्द को आश्चर्य इस बात का था कि बाप का भी पूरा ध्यान अब छोटे पर ही था। वह अपनी पहली पत्नी के बच्चे से लगातार हो रही मारपीट और दुत्कार को नहीं देख पा रहा था। नयी माँ ने बाप को यह पट्टी पढ़ा दी थी कि वह छोटे से चिढ़ता है और यह भी कि उसने नन्हे गोविन्द को अपने छोटे भाई का गला दबाते पकड़ा है। यह तो अच्छा हुआ कि उसने देख लिया नहीं तो जाने क्या होता..

सच यह था कि वह अपने छोटे भाई का गला दबा नहीं रहा था, वह उसे प्यार कर रहा था। छोटा उसे देखकर मुस्कुरा रहा था। वह उसके गालों को छू रहा था कि अचानक नन्हे गोविन्द को छोटे के गले में, मैल की लकीर दिखी जो आमतौर नन्हे बच्चों के गले की सल पर आ जाती है तो वह उस मैल की लकीर को साफ़ करने लगा और उसी समय नयी माँ भीतर आयी और छोटे भाई को लेकर नन्हे गोविन्द का प्रेम, उसके लिए तुरन्त घृणा में बदल गया और गले से मैल साफ़ करना, गला

दबाना हो गया। पहले वह नयी माँ से पिटा था। पिता के वापस घर आते ही, वह अपने पिता से पिटा था।

उस रात नन्हा गोविन्द भूखा रोते-रोते सोया और जागा तो भूखा रोते-रोते जागा। जागते ही उसने रोते-रोते उस कमरे की ओर देखा, जहाँ नयी माँ, उसका बाप और छोटा भाई सो रहे थे और रोते-रोते ही उसने घर का दरवाज़ा खोला और बाहर निकल गया। फिर तुरन्त वह लौटा रोता-रोता। उसने एक ख़ाली झोला उठाया और उसमें अपने कुछ कपड़े रखे, फिर वह उस कोने में गया जहाँ भगवान बैठे थे। वहीं उसकी माँ बैठी थी एक छोटे से फ़्रेम किये फ़ोटो में। उसने माँ की फ़ोटो उठाकर झोले में भर लिया और रोता-रोता, फिर बाहर निकल आया।

बाहर रात को छोड़ उभर रही नीली सुबह थी। नीली सुबह ने, एक रोते हुए आठ साल के लड़के को अपनी छाती में झोला दबाये, स्टेशन की ओर जाते देखा। वह उधर ही जा सकता था कि वह उधर कई बार जा चुका था। उसका बाप स्टेशन पर हमाली करता था। वह एक हमाल का बेटा था। उसका घर स्टेशन से बहुत दूर नहीं था। उसके घर तक स्टेशन आता रहता था और उसका घर स्टेशन तक जाता रहता था।

नन्हा गोविन्द जब स्टेशन पहुँचा, तब तक नीली सुबह, सुनहरी सुबह हो गयी थी। इस तरह सुनहरी सुबह ने, उस रोते बच्चे को, अलस्सुबह एक ट्रेन पर चढ़ते देखा। देखा और किसी ने नहीं। ट्रेन उत्तर दिशा की ओर जा रही थी, यह नन्हे गोविन्द को भी पता नहीं था। यह पता नहीं था कि ट्रेन उत्तर की ओर उसे ध्रुवतारा बनाने ले जा रही है।

नन्हे गोविन्द जैसे-जैसे उत्तर की ओर आगे बढ़ता गया, वैसे-वैसे उसका वह शहर पीछे छूटता गया, जहाँ वह पैदा हुआ था। फिर ऐसा छूटा कि इस शहर के इस स्टेशन में रहते-रहते अब वह बूढ़ा हो गया है। अब उस शहर की कोई याद उसके पास नहीं बची है। यहाँ तक कि उस शहर का कोई नाम उसके पास नहीं बचा है। सच यह है कि उस सुबह, जब एक रोते बच्चे ने उस शहर को छोड़ा था, वह शहर बिना नाम का रह गया था। इस देश में, ऐसे बहुत से शहर हैं जो बिना नाम के रह गये हैं, क्योंकि बच्चों ने उन्हें छोड़ दिया है—रोते-रोते। बच्चों के आँसुओं में बह गये हैं उनके नाम।

नन्हा गोविन्द तब सुबह उठा, जब एक सिपाही ने डण्डे से उसे कोचककर उठाया, यहाँ क्यों सो रहा है...कहाँ से आया है...भाग यहाँ से...सिपाही ने एक के बाद एक लगातार तीन वाक्य कहे। तीसरे वाक्य को सुनते ही वह बेंच से उठकर भाग

खड़ा हुआ। सिपाही, नन्हे गोविन्द के लिए डरने की चीज़ था और वह डरा। वह भागा और सीढ़ियाँ चढ़, आख़िरी प्लेटफ़ॉर्म पर पहुँच गया जो उस समय तीन नम्बर प्लेटफ़ॉर्म था। बाद के तीन प्लेटफ़ॉर्म, नन्हे गोविन्द के बड़े होते-होते बने और इस स्टेशन का आख़िरी प्लेटफ़ॉर्म छह नम्बर का हो गया।

दो-तीन दिन में ही नन्हा गोविन्द यह समझ गया कि थोड़ी चालाकी और बहुत-सी दयनीयता के साथ स्टेशन पर जिया जा सकता है। स्टेशन एक बहुत बड़े घर की तरह था, जो किसी भी भटक गये और बेघर की, सुबह से रात तक की सारी ज़रूरतों को, टुकड़ों-टुकड़ों में पूरी कर देता था। नहाने-धोने, हगने-मूतने, खाने-सोने जैसी सभी ज़रूरतों को पूरी कर देता था। इन ज़रूरतों के लिए स्टेशन में सब कुछ था। इन ज़रूरतों के टुकड़ों को जोड़ते-सहेजते दिन कैसे रात में बदलता, पता ही नहीं चलता था। इन ज़रूरतों के लिए रास्ता निकालना पड़ता था। जहाँ रास्ता मिले घुस जाओ। दुत्कारों की परवाह कर, यहाँ जीना मुश्किल था। जहाँ से दुत्कारे जाओ, वहाँ बार-बार फिर हिम्मत से कोशिश ज़रूरी थी। तब तक यह कोशिश चलती रहती थी, जब तक दुत्कारने वाला थक ना जाये। स्टेशन में रह रहे लावारिश बच्चे, दुत्कारों की बारिश के नीचे रहते थे। भीगे रहते थे हमेशा दुत्कारों की बारिश में।

नन्हा गोविन्द यह सीख गया जल्द ही। कहाँ और कैसे घुसकर नहाना-धोना है। हगना-मूतना है कहाँ और कैसे। कहाँ और कैसे सोना-खाना है। पूड़ी-सब्ज़ी या समोसा या ब्रेड-बिस्कुट बेचने वालों के सामने ढीठ खड़ा रहना—वह सीख गया था। तब तक खड़े रहो, जब तक बेचने वाला चिढ़कर और थककर, तुम्हें वहाँ से हटाने के लिए, खाने को कुछ दे ना दे। तब तक उसकी बात सुनते रहो। गाली-गलौच सब सुनते रहो। कभी भी, तब उनके सामने खड़े मत हो जब कोई और ढीट बच्चा उसके सामने खड़ा हो। दो-तीन बच्चे एक साथ खड़े हों तो कुछ नहीं मिल पायेगा, बेचने वाला चिढ़कर डण्डा मार सकता है। उसके जैसे बस चार लड़के स्टेशन पर, उस समय थे, जब यह स्टेशन छोटा था—बस तीन प्लेटफ़ॉर्म का। स्टेशन बड़ा होता गया। आबादी बढ़ती गयी। स्टेशन पर आवारा-लावारिस लड़के भी बढ़ते गये। आवारा-लावारिस लड़के पूरे देश में ही बढ़ते गये हैं।

इस तरह इस स्टेशन पर वह धीरे-धीरे बड़ा होता गया। एक दिन इसी स्टेशन पर उसे काम की दिशा मिल गयी। हुआ यह कि वह स्टेशन के मेन गेट से थोड़ा हटकर खड़ा था कुछ सोचता, तभी एक बूढ़े यात्री ने जो अभी-अभी गेट से अन्दर आया था, उसकी ओर देखा, फिर थोड़ा हिचका और फिर उसने कहा कि मेरा यह बैग ट्रेन तक पहुँचा दोगे। नन्हे गोविन्द ने कुछ नहीं कहा। एक क्षण बूढ़े को देखा। फिर देखा अपने आसपास कि कहीं कोई क़ुली तो नहीं खड़ा है, जो उसे देख ले

बैग उठाते और झपकता आ जाये उसके पास कि भाग यहाँ से यह हमारा काम है। फिर उसने झुककर उस बैग को उठा लिया, जिसे बूढ़े ने थोड़ी देर पहले उससे बात करते हुए उसके सामने फ़र्श पर रख दिया था। बैग ना बहुत ज़्यादा भारी था और ना बहुत ज़्यादा हल्का। यात्री ज़रूर बहुत बूढ़ा था तो बैग उसके लिए भारी हो गया था।

बूढ़े के पीछे-पीछे कुछ क़दम चलने के बाद, नन्हे गोविन्द ने बैग को अपने कन्धे पर रख लिया, जिससे बैग का वज़न उसके लिए थोड़ा और कम हो गया। मेन गेट से जाकर बूढ़ा सीढ़ी चढ़ा। फिर सीढ़ी उतरा–दो नम्बर प्लेटफ़ॉर्म के लिए। फिर अपने डिब्बे तक पहुँचा जो गार्ड के डिब्बे से दो डिब्बा पहले था। नन्हा गोविन्द बूढ़े के पीछे-पीछे चलता रहा। बूढ़ा बीच-बीच में, पीछे पलट-पलट उसे देखता भी रहा। नन्हे गोविन्द को कन्धे पर बैग लादे देख, रास्ते में, स्टेशन के एक हमउम्र लड़के ने उसे देख लिया और मुस्कुराया। नन्हे गोविन्द ने उस लड़के को आँख मारी और मुस्कुराया। बूढ़ा आदमी अपनी सीट पर बैठा। फिर नन्हे गोविन्द की ओर देखकर मुस्कुराया और इशारा किया कि वह बैग को सीट के नीचे डाल दे। फिर उसने अपना बटुआ निकाला और उसमें से पाँच का एक नोट निकालकर, नन्हे गोविन्द को पकड़ा दिया। नन्हे गोविन्द ने अपना सिर झुकाया, जैसे बूढ़े आदमी का आभार मान रहा हो। फिर वह पलटा और डिब्बे के दरवाज़े की ओर चल पड़ा। वह कूदता हुआ उतरा डिब्बे से और उछलता-कूदता चल पड़ा प्लेटफ़ॉर्म पर। प्लेटफ़ॉर्म पर प्लेटफ़ॉर्म का खुला शोर था। वह शोर पर उछलता-कूदता आगे बढ़ता रहा। उछलते-कूदते उसने चढ़ी प्लेटफ़ॉर्म दो की सीढ़ी। सीढ़ी उतरा, उछलते-कूदते प्लेटफ़ॉर्म एक की। फिर जाकर मेन गेट पर खड़ा हो गया...

वह प्लेटफ़ॉर्म नम्बर एक के मेन गेट पर खड़ा होने लगा नियमित। नियमित उसे, उस बूढ़े की याद आती रही, जिसने पहली बार उसे अपना बैग उठाने को कहा था। वह नहीं जनता था कि वह बूढ़ा इसी शहर का था या किसी और शहर का था। वह बूढ़ा उसे फिर कभी नहीं दिखा। बूढ़े पृथ्वी से खो जाते हैं। वह बूढ़ा भी पृथ्वी से खो गया होगा। पर नन्हा गोविन्द उसे नहीं खो पाया कभी भी। बूढ़ा हमेशा उसकी स्मृति में बना रहा। ठीक वैसे ही जैसे उनके माँ, पिता, नयी माँ और वह शहर जिसमें वे शायद अब भी रह रहे होंगे और जो अब बस उसकी स्मृति में रह रहे थे। उनकी स्मृति के साथ ही अब बूढ़े की स्मृति भी रहने लगी उसके पास। बूढ़े की स्मृति, स्मृति के परिवार में शामिल हो गयी, जैसे क़ुलीगीरी उसके जीवन में शामिल हो गयी।

इस तरह यह अवैध-क़ुलीगीरी उसकी चल निकली। क़ुलियों ने उसे रोकने की कोशिश की। एक-दो बार मारा-पीटा भी, पर वह नहीं रुका। फिर क़ुलियों ने उस

पर ध्यान देना बन्द कर दिया। वह बच्चा था। था अकेला। जीना था उसे भी। यह कुली समझने लगे थे। कुलियों के पास जब ज़्यादा सामान आ जाता तो वे अब उसे सहायता के लिए, बुलाने लगे थे। उसे इस काम में मज़ा आने लगा था। वह समझ गया था कि यह काम भीख माँगने से कठिन ज़रूर है, पर भीख से बेहतर है हज़ार गुना। इस अवैध कुलीगीरी में, उसे तीन-चार ग्राहक भी मिल जाते थे तो उसका दिन भर का काम चल जाता था। अब स्टेशन के ठेलेवाले उसे देख मुस्कुराने लगे थे। वह उन्हें पैसे देकर खा-पी रहा था। अब वह दया की याचना करता नन्हा गोविन्द नहीं था। वह अब मेहनत कर अपने पैसे से खाता-पीता नन्हा गोविन्द हो गया था। यह बड़ी बात थी। ठेलेवालों की नज़रों में उसकी इज़्ज़त अब बढ़ गयी थी। अब उसे ठेलेवालों से उधारी मिलने लगी थी। सब जानने लगे थे कि सुबह की उधारी को वह शाम तक अदा कर देगा।

इस तरह कुछ बरस निकल गये और किसी को पता भी नहीं चला कि नन्हा गोविन्द अब नन्हा नहीं रह गया। उसे भी ठीक-ठीक पता नहीं चला कि वह नन्हा नहीं रह गया है। सब उसे अब भी नन्हा गोविन्द ही पुकारते थे तो वह नाम में नन्हा बना रहा और असल में बालिग़ हो गया।

बालिग़ होने के कुछ माह बाद ही, जब वह एक शाम प्लेटफ़ॉर्म नम्बर तीन पर इधर से उधर हो रहा था, जो उस समय इस स्टेशन का आख़िरी प्लेटफ़ॉर्म था। समय ऐसा था कि किसी प्लेटफ़ॉर्म से कोई ट्रेन जाने वाली नहीं थी और ना ही किसी प्लेटफ़ॉर्म पर कोई ट्रेन आने वाली थी। फ़ुरसत का समय था। फ़ुरसतिया-यात्री अब भी वहाँ थे, यहाँ-वहाँ बिखरे हुए जो ना जाने कब आने वाली, किसी ट्रेन का इन्तज़ार कर रहे थे।

इन्हीं यात्रियों में से तीन लोगों के बीच, उसे गेरुआ कपड़ों में एक जटाधारी बाबा दिखा। दिखा प्लेटफ़ॉर्म के एकदम आख़िरी छोर पर बैठा, जहाँ प्लेटफ़ॉर्म फिसलता हुआ नीचे गिर रहा था–सामान लदी ट्रॉलियों के उतरने के लिए। बाबा के सामने, एक बूढ़ी स्त्री और दो अधेड़ आदमी बैठे थे, जिन्हें देखकर लग रहा था कि उनकी ख़ुद की थोड़ी-सी असावधानी उन्हें पीछे की ओर, सामान लदी ट्राली समझ लुढ़का सकती है। बाबा की पीठ प्लेटफ़ॉर्म की ओर थी और वह प्लेटफ़ॉर्म के फिसलने की सन्धि पर बैठा था। उन तीनों का मुँह बाबा की ओर था। जब गोविन्द ठीक बाबा के पीछे पहुँचा तो उसने पाया कि बाबा के आसपास बाबा को घेरे में एक गन्ध तैर रही है तीखी और भारी। बाबा चिलम सुड़क रहे थे। जैसे ही बाबा चिलम को मुँह में लगाकर अन्दर खींचते, चिलम का मुहाना भक से जलता लाल। बाबा जैसे ही धुआँ छोड़ते, बाहर बाबा के आसपास की गन्ध का घेरा, तेज़

और भारी हो जाता था। बाबा का पूरा ध्यान चिलम पर था। ना सामने बैठे लोगों पर था। ना पीछे खड़े गोविन्द पर था। पर पता नहीं गोविन्द को क्या सूझा, वह बाबा की पीछे बैठ गया–गन्ध के घेरे के भीतर और बाबा के चिलम से बाहर आने का इन्तज़ार करने लगा। यह उसके भीतर का कौतूहल ही था–जिसने उसे बाबा के पीछे बिठा दिया था।

बाबा जब चिलम से बाहर आया तो उसका ध्यान गोविन्द की ओर नहीं गया। गया सामने बैठी बूढ़ी स्त्री की ओर जो हाथ जोड़े बैठी थी जाने कब से। जाने कब से कर रही थी बाबा के चिलम से बाहर आने का इन्तज़ार। बाबा ने बूढ़ी स्त्री की ओर अपना बायाँ हाथ बढ़ाया। हाथ की हथेली खुली हुई थी। बाबा ने अपने दाहिने हाथ से पकड़कर, स्त्री के दाहिने हाथ की हथेली को, अपनी बायीं हथेली पर रखा। फिर अपने दायें हाथ को मुक्का बना, स्त्री की हथेली पर मारा इस तरह, जैसे काग़ज़ पर मुहर लगा रहा हो। सच में स्त्री की हथेली पर छप गयी मुहर। स्त्री ने देखा अपनी हथेली। हथेली पर लाल रंग से लिखा था सुख। बाबा ने सामने बैठे अधेड़ आदमियों के लिए भी यही किया। लगाया उनकी बायीं हथेली पर, अपनी दाहिनी हथेली की मुहर। एक अधेड़ की हथेली पर सुख छपा और दूसरे पर छपा दुःख। दुःख जिसकी हथेली पर छपा वह बाबा के चरणों में लोट गया। हथेली पर लाल रंग का सुख लिए बूढ़ी स्त्री और दूसरा अधेड़ आदमी ने बाबा के सामने दक्षिणा रखी और लौट गये। इस स्टेशन पर बाबा का यह पहला दिन था। बाबा ने अभी दो को सुख बाँटा था और एक को दुःख। दुःख जिसके पास था बाबा को अब उसके लिए सुख का उपाय ढूँढ़ना था।

बाबा ने हथेली में दुःख की मोहर लिये आदमी को कहा, "उपाय बताता हूँ...रोज़ सुबह उठो...नहाकर शुद्ध हो जाओ...और बिना अन्न-जल ग्रहण किये, शिवलिंग पर पाँच बेलपत्र और जल चढ़ाओ...धतूरे का फल मिल जाये तो अति उत्तम है, ना मिले तो कोई बात नहीं...जल में तुलसी की पत्तियाँ डालो ज़रूर...हर सोमवार कुछ दान-दक्षिणा करो...आने वाले दुःख, सुख में बदल जायेंगे...हाँ एक बात और क्या तुम मूँग की दाल खाते हो?" बाबा ने हथेली में दुःख लिए अधेड़ से पूछा।

अधेड़ आदमी ने कहा, "खाता हूँ बाबा कभी-कभी..."

"छोड़ दे मूँग की दाल आज से ही...कल्याण होगा..." बाबा ने कहा और अधेड़ आदमी को जाने का इशारा किया।

अधेड़ ने बाबा के चरण छूए। चरणों में रुपये रखे और हथेली पर दुःख लिये चला गया। बाबा के बताये उपायों को लेकर कृतसंकल्प वह, रोज़ अपनी हथेली

देखेगा और लिखे दुःख के, लिखे सुख में बदल जाने की प्रतीक्षा करेगा। अभी-अभी जो बूढ़ी स्त्री और दूसरा अधेड़ आदमी, अपनी हथेली पर बाबा से सुख लेकर गये हैं, सुख उस मुहर के मिटते ही फिर बाबा के पास आयेंगे, इस भय से कि कहीं सुख, दुःख में तो नहीं बदल गया। बाबा जानता है कि हथेली पर मुहर की उम्र सिर्फ़ तीन दिन है। तीन दिन बाद से, सुख के दुःख में बदलने के संशय की उम्र है।

उस अधेड़ आदमी के जाते ही, बाबा को आभास हुआ कि उसके पीछे भी कोई बैठा है। बाबा ने मुड़कर गोविन्द को देखा। फिर गोविन्द की ओर बैठे-बैठे ही पलट गया।

गोविन्द के बिना कुछ पूछे ही बाबा ने कहा, "मैं तेरे हाथ कितनी बार भी मुहर लगा दूँ...ना तेरी हथेली पर सुख छपेगा...ना छपेगा दुःख...तू दोनों से खेलता है... सुख और दुःख दोनों टकटकी लगाकर देखते हैं तुझे...जैसे देखते हैं वे मुझे...तू मेरा शिष्य बनने योग्य है...मैं आदमी पहचानने में ग़लती कभी नहीं करता बालक...कभी नहीं...मैं कहीं और से आ रहा था और जा कहीं और रहा था...इस जगह ने मुझे खींचकर उतार लिया है...तुझसे मिलना लिखा था शायद..." बाबा ने अपने माथे पर, अपनी चार अँगुलियों से लकीर खींचते हुए, इस वाक्य को कहा। "अब मैं यहाँ रुकना चाहता हूँ...कब तक रुकूँगा, पता नहीं...कब चला जाऊँगा, पता नहीं...पर जब तक रहूँगा, मेरा आशीर्वाद तेरे साथ रहेगा..."

गोविन्द क्या कहता? गोविन्द क्या करता? वह बाबा के गन्ध के घेरे में था। वह बाबा के पैरों पर झुक गया। जैसे झुके थे वे दो अधेड़ और वह बूढ़ी स्त्री, ठीक वैसे ही झुका वह। फिर हाथ जोड़कर बाबा के सामने बैठ गया। बाबा ने अपना चिलम लिया। चिलम के मुहाने को हथेली से छुआ। चिलम बुझ चुकी थी। अपनी थैली से गाँजा और तम्बाकू की पुड़िया निकाल, बाबा चिलम फिर भरने लगा। गोविन्द बाबा की इस क्रिया को ग़ौर से देखता रहा। देखते-देखते उसके मन में चिलम भरने की इच्छा हुई, फिर तुरन्त बाद चिलम पीने की इच्छा भी हुई। दोनों इच्छाएँ क्यों उगीं उसके भीतर, वह नहीं जान रहा था।

मुहर बाबा ने उसकी इच्छा जैसे पढ़ ली थी। बाबा का चेहरा चिलम के धुएँ में डूबा हुआ था। जैसे ही, चेहरे से गाँजे का धुआँ उतरा और तब साफ़-साफ़ दिखा गोविन्द को मुहर-बाबा का मुस्कुराता चेहरा और उसकी ओर चिलम बढ़ाता उसका हाथ। गोविन्द ने बिना कुछ बोले चिलम ले लिया और ठीक बाबा की तरह आसमान की ओर मुँह कर, चिलम से एक लम्बा कस खींचा और उसके तुरन्त बाद ही खाँसी उठी उसके भीतर तीखी। तीखी इतनी कि आँखों में आँसू आ गये। लाल रंग की ओर चढ़ गयीं आँखें।

गोविन्द को यह पता नहीं था कि बाबा का प्रसाद समझ लिया गया गाँजे का यह पहला कस, अन्तिम कस नहीं रहेगा। चिपक जायेगा उसके जीवन से और उसका नाम बदल देगा। पता नहीं था कि वह गँजेड़ी गोविन्द हो जायेगा। पता होता तो वह पहले कस को ही अन्तिम करने की कोशिश करता। पर गोविन्द ने ऐसा नहीं किया। किया यह कि पहले कस के सम्हलते ही उसने आसमान की ओर देखते हुए, दूसरा कस खींच लिया भीतर। अब गाँजा अपने भीतर उसे खींच रहा था। वह खिंचा चला गया गाँजे के भीतर। गाँजे के भीतर मुहर बाबा का मुस्कुराता चेहरा नाच रहा था। गोविन्द दो कस में ही टुन्न हो गया था। आसपास का सब हिलने लगा था। गोविन्द को लगा कि वह सहारे के लिए कुछ पकड़ नहीं पाया तो लुढ़क जायेगा। आसपास सहारे के लिए बाबा का मुस्कुराता चेहरा ही था जो अभी-अभी, फिर चिलम से उठे धुएँ में खिल आया था। गोविन्द ने बाबा के चेहरे की ओर हाथ बढ़ाया–सहारे के लिए और फिर प्लेटफ़ॉर्म के फ़र्श पर लुढ़क गया बाबा के ठीक सामने। वह ऐसा लुढ़का कि लुढ़का हुआ उसका सिर बाबा के चरणों को छू रहा था। बाबा के हाथ चरणों में लुढ़के सिर को आशीर्वाद देने के लिए उठ गये।

पहली बार प्लेटफ़ॉर्म ने गोविन्द को इस तरह बेसुध पड़े देखा। पड़ा रहा गोविन्द कई घण्टे इसी तरह। सुबह से वह ख़ाली पेट था और गाँजा उसे जमकर लग गया था। एक क़ुली ने उसे छूकर देखा यह जानने के लिए कि कहीं वह मर तो नहीं गया है तो उसे गाँजे की गन्ध में लथपथ पाया और समझ गया। पूरे स्टेशन में यह बात फैल गयी कि गोविन्द तीन नम्बर प्लेटफ़ॉर्म पर टुन्न पड़ा है। जब गोविन्द नशे से बाहर आया तो बाबा कहीं नहीं था आसपास।

दूसरे दिन सुबह-सुबह ही मुहर-बाबा गोविन्द को ढूँढ़ता पहुँच गया था प्लेटफ़ॉर्म नम्बर एक तक। बाबा उसे देख ख़ुश हो गया, "मैं अपने शिष्य को जाने कब से ढूँढ़ रहा हूँ...और शिष्य है कि यहाँ है...मेरे पास क्यों नहीं आया, बेटा?", बाबा ने पूछा।

गोविन्द ने कुछ नहीं कहा। बस बाबा के पैर पड़ लिए।

बाबा ने कहा, "लग रहा है, बेटा, तू कल के सुटके से डर गया है...डरने की बात नहीं है...डर के बाद आनन्द हैं...गाँजा पहली बार तुमसे खेलता है...फिर तुम उससे खेलने लगते हो...दिमाग़ की सारी बत्तियाँ जल जाती है भक से...दिमाग़ चकाचौंध रोशनी से भर जाता है..."

बाबा की इस बात में कितना दम था, इसकी गोविन्द ने बिल्कुल परवाह नहीं की, पर बाबा की चिलम अब भी उसे अपनी ओर खींच रही थी। जब बाबा ने कहा कि चल तीन नम्बर में चलते हैं...वही प्लेटफ़ॉर्म शान्त और अच्छा है तो बह बाबा के पीछे-पीछे वह चल पड़ा।

वह यह भूल गया तुरन्त कि वह किसी ऐसे यात्री का इन्तज़ार करता खड़ा है, जिससे वह कहे और वह उसे अपना सामान उठाने दे, किसी क़ुली की जगह। बहुत से यात्री यह पसन्द नहीं करते थे, कोई बच्चा उनका सामान उठाये। दिक़्क़त यह थी कि वह अठारह का हो तो गया था, पर दिखता नहीं था। दिखता था ज़्यादा से ज़्यादा तेरह या चौदह। उसके ऊपरी ओठ पर ठीक से हरी रेखा भी नहीं उभरी थी। पर बहुत से यात्री पसन्द भी करते थे कि कोई बच्चा उनका सामान उठाये, क्योंकि बच्चे क़ुलियों की तरह न तो अनाप-शनाप पैसा माँगते थे और न अनाप-शनाप हुज्जत करते। अभी तो पूरा दिन बाक़ी था। गोविन्द ने सोचा कि थोड़ी देर बाद आकर काम में लग जाऊँगा। और वह सही था। वह गया। चिलम के दो कस लिया। फिर अपनी काम की जगह पर वापस आया। लग गया काम में। नशा था, पर कल जैसा भारी नहीं था। मुहर-बाबा ने उसे एक प्लेट समोसा भी खिलाया था।

धीरे-धीरे मुहर बाबा से उसकी जम गयी। बाबा उसे समझने लगा और वह बाबा को। थोड़ा वह बाबा से खुला तो मुहर का राज पूछ लिया तो बाबा ने कहा, "बड़ी जल्दी है तुझे...इसी पर तो मेरा जीवन टिका है...यह राज इतनी जल्दी जानना है तुझे...इसके लिए तुझे मेरा सच्चा शिष्य बनना पड़ेगा..."

तो गोविन्द सच्चा शिष्य बनने की कोशिश में लग गया। क़ुलीगीरी उसके पास से गयी नहीं, बस कभी-कभी की रह गयी। बाबा के साथ कोई कमी नहीं थी खाने-पीने की। कमी नहीं थी पहनने-ओढ़ने, सोने-जगने की। बाबा ने एक सप्ताह भी मुश्किल से स्टेशन पर रात बितायी और फिर तीन नम्बर प्लेटफ़ॉर्म से लगी-बसी बस्ती में एक झोंपड़ी किराये से ले ली। बाबा की इच्छा पर गोविन्द भी बाबा के साथ उस झोंपड़ी में रहने लगा। बाबा के पास अब बस्ती के लोग भी आने लगे और जैसे-जैसे दान-दक्षिणा बढ़ी, गोविन्द का सेवा-टहल का काम भी बढ़ता गया। गोविन्द को काम से कोई परेशानी नहीं थी। परेशानी थी बाबा के पैर दबवाने से जो वह रात उसे दबाने को कहता। कहता कि बच्चा बड़ी पीड़ा है...हाँ यहाँ...थोड़ा और ऊपर...थोड़ा और ऊपर...

इस तरह गोविन्द को बाबा के साथ दो महीने बीत गये। इतनी सेवाओं के बाद भी, बाबा की मुट्‌ठी से छप रही मुहर का राज, राज ही बना रहा। बार-बार या कहें इन दो माह में सैकड़ों बार देखा उसने बाबा की मुट्‌ठी को और मुट्‌ठी से भक्तों की हथेली पर उभरती मुहर को। वह कई बार और बार-बार बहुत ध्यान से देख चुका था, पर मुहर का राज उसका वह पकड़ नहीं पाया।

गोविन्द जब यह सोचने लगा था कि पता नहीं मुहर बाबा, कब मुहर का राज बतायेंगे...पता नहीं कितने बरस लगायेंगे...शायद बतायें ठीक अपनी मृत्यु से पहले...उस समय बतायें शायद, जब गोविन्द बाबा कि सेवा करते ख़ुद, वह बूढ़ा गोविन्द हो जाये...

यह अन्तिम वाक्य जो गोविन्द ने सोचा था...बहुत जल्द एक रात उसके सपने में आया। बूढ़ा गोविन्द, अपने से तिगुने बूढ़े, मुहर बाबा का पैर दबा रहा है...तभी मुहर बाबा तकिये के सहारे अधलेटे से उठ बैठे हैं। स्वप्न में बूढ़े हो गये गोविन्द की, स्वप्न में गोविन्द से तिगुने बूढ़े हो गये मुहर बाबा ने, दाहिनी हथेली पकड़ ली है, अपनी बायीं हथेली से। और बाबा की दाहिनी हथेली ऊपर उठी और गोविन्द की बायीं हथेली की ओर मुहर बन आने लगी है...ठीक उससे पहले कि बाबा की मुहर-हथेली, उसकी हथेली से टकराती कि एक शोर से स्वप्न टूट गया गोविन्द का। शोर, सोते गोविन्द के ठीक ऊपर था। जैसे ही उसने आँख खोली, पाँच-सात औरत-मर्दों के चेहरे उसे चीख़ते-चिल्लाते दिखे।

वह नींद से उठा था और अकबका गया था। थोड़ी देर उसे कुछ समझ नहीं आया। कुछ क्षण बाद वह समझा कि वे मुहर बाबा को पूछ रहे हैं। फिर गोविन्द को एक आदमी उकड़ूँ बैठा, सुबकता-रोता दिखा, जिसके पीछे दो नन्हे बच्चे खड़े थे। बच्चों के चेहरे पर कुछ भी समझ ना आने का भाव था कि उनका बाप आख़िर रो क्यों रहा है...थोड़ी देर बाद ही गोविन्द को पता चल गया कि उस आदमी की स्त्री, मुहर बाबा की शिष्या बन, मुहर बाबा के साथ पहेट की किसी ट्रेन से, पता नहीं किस दिशा की ओर निकल गयी है...

वह आदमी और कोई नहीं था। था उस झोंपड़ी का मालिक, जिसमें वे दोनों रह रहे थे–मुहर बाबा और गोविन्द। आदमी, अपनी पत्नी और दो बच्चों के साथ उसी झोंपड़ी के एक कमरे में रहता था। झोंपड़ी उसने बनायी ऐसी थी कि एक कमरे में परिवार रह सके और एक कमरे को किराये से दे कुछ पैसा आ सके। आदमी राजमिस्त्री था और किसी निर्माण की जगह पर सुबह आठ से शाम छह तक काम में लगा रहता था। निर्माण की जगह इतनी दूर थी कि घर आते-आते उसे आठ से ज़्यादा बज जाते थे। आदमी की औरत भी, दूसरों के घरों में चौका-बरतन और साफ़-सफ़ाई का काम करती थी और दुपहर दो बजे तक घर लौट आती थी। महँगाई इतनी बढ़ती जा रही थी कि दोनों के खटे बिना, घर नहीं चल सकता था। यह सही था कि आदमी ज़्यादा खट रहा था। पर खट रही थी आदमी के बराबर औरत भी। उसे घर में भी खटना पड़ता था। खटना पड़ता था चूल्हा-चौका से लेकर, दो नन्हे बच्चों की देखभाल तक। दिन-रात खटते इस आदमी की, दिन-रात

खटती औरत, जब-तब बाबा के लिए खाने-पीने का सामान दे जाती थी। जो वह बनाती, उसे बाबा को भी दे दो, यह उसे लगता था। मुहर बाबा ने, एक दुपहर जब गोविन्द अपने क़ुलीगीरी के काम में निकल गया था और औरत अपने घर में बने साग का कटोरा लेकर बाबा के पास आयी थी तो बाबा ने उसकी हथेली पर मुहर लगा दी थी अपनी हथेली की। बाबा की हथेली की मुहर ने, उस औरत की हथेली पर सुख लिख दिया था।

उस दिन के बाद रोज़ बाबा सुख की मुहर, उस औरत की हथेली को छोड़, उसकी समूची देह पर लगाने लगा था। औरत की देह सुख की मुहरों से पूरी तरह भरती गयी। औरत को देखो तो वह बाबा की मुहर-सी दिखती थी। पर गोविन्द यह देख नहीं पाया। देख नहीं पाया वह तो यह अलग बात है। आश्चर्य है कि वह कुछ सुन भी नहीं पाया। मुहर बाबा और उस औरत के बीच जो चल रहा था, उसमें कोई आवाज़ नहीं थी और ना कोई दृश्य था, क्योंकि बाबा और वह औरत हमेशा उस समय को चुनते, जिसमें गोविन्द झोंपड़ी में रहता नहीं था। रहता था स्टेशन पर क़ुलीगीरी में। बाबा का इतना सम्मान था, उस छोटी झोंपड़ियों से भरे मुहल्ले में कि मुहल्ले को बाबा के पास लगभग हर दुपहर, खाना पहुँचाती औरत दिखी, पर बाबा के साथ सोती औरत नहीं दिखी।

उस औरत के, बाबा संग भागने से रोता हुआ उसका आदमी जितना अचम्भित लग रहा था, उतना ही अचम्भित ख़ुद गोविन्द था।

बाबा के भागते ही झोंपड़ी छूट गयी। एक तो उस झोंपड़ी का किराया दे पाना, गोविन्द के लिए मुश्किल था। झोंपड़ी का मालिक किसी बाबा और उसके शिष्य की जगह, कमरा अब किसी परिवार को देना चाह रहा था। पति-पत्नी और बच्चे का एक परिवार। ख़तरा वहाँ भी था, पर ख़तरा कम था। पत्नियों की नज़र हमेशा इतनी तेज़ होती है कि वह पति के व्यभिचार को पकड़ ले। वैसे भी यहाँ पकड़ने के लिए कुछ था भी नहीं। झोंपड़ी के मालिक की पत्नी तो बाबा के साथ भाग चुकी थी और अब वह अपने दो नन्हे बच्चों के साथ झोंपड़ी में रह रहा था।

पत्नी के भाग जाने पर रोते हुए आदमी ने ठीक ही सोचा था कि अब कमरा किसी परिवार को दो, क्योंकि कुछ माह बाद ही उसकी पत्नी लौट आयी थी।

औरत को बाबा के साथ रहते तीन माह से कुछ दिन ज़्यादा हो गये थे कि एक सुबह वह उठी तो मुहर बाबा उसकी बग़ल में नहीं था। उसने तीन दिन मुहर बाबा का इन्तज़ार किया कि वह अब लौटेगा तब लौटेगा। पर मुहर बाबा लौटा ही नहीं। आसपास जिससे भी वह मुहर बाबा के बारे में पूछती तो लोग मुस्कुरा देते। मुस्कुराते

इस तरह जैसे किसी रहस्य को मुस्कुरा रहे हो। तीन दिन में ही, उस औरत को यह लग गया कि मुहर बाबा अब लौटकर नहीं आयेगा। और आया भी तो उसके जाने के बाद आयेगा। औरत को, अपने बच्चों की भी बहुत याद आने लगी थी और उसने उस शहर से, जो मुहर बाबा का शहर था शायद, अपने शहर की ट्रेन पकड़ ली। अब वह अपने, उस पति के सामने खड़ी थी जो अब भी उसके भाग जाने पर कभी-कभी रो लिया करता था। पति उसे देख भौचक हो गया। बैठ गया ज़मीन पर उकड़ूँ और सिर पीटते हुए फिर रोने लगा। औरत ने थोड़ी देर देखा सिर पीटते पति को और वह भी उसके सामने बैठ गयी। फिर उसने रोते-रोते अपने पति को बताया कि पता नहीं बाबा ने क्या खिला दिया था...होश ही नहीं था मुझे...कहाँ गयी...कहाँ रही पता नहीं...एक सुबह उठी तो होश आया तो पाया कि मेरे आसपास कोई नहीं है...मैं यह कहाँ हूँ, मैंने सोचा...पूछा लोगों से...किसी तरह स्टेशन पहुँची कि अपने शहर की ट्रेन पकड़ सकूँ...इसी बीच बाहर खेल रहे दोनों बच्चे भीतर आ गये और माँ–माँ कहते औरत से लिपट गये...औरत उनसे लिपटी, उन्हें चूमती रोने लगी...

इस घटना के कुछ माह बाद ही जब गोविन्द को यह पता चला कि स्टेशन में नये क़ुलियों की भर्ती हो रही है। उन क़ुलियों ने ही उसे बताया और समझाया भर्ती का नियम, जिनके हिस्से का सामान, वह जाने कब से उठा रहा था। रेलवे से क़ुली का बिल्ला मिल गया और उसने दो लाल रंग की खद्दर की बुशशर्ट सिलवा ली। अब वह इस स्टेशन का लायसेंसधारी क़ुली था।

क़ुली बनने के कुछ दिनों बाद ही गोविन्द को यह लगा कि अब वह सोने-रहने की अपनी जगह का इन्तजाम कर सकता है। एक दिन वह उस बस्ती में फिर पहुँच गया, जहाँ वह बाबा के साथ कभी रह चुका था। उसे एक कमरा मिल गया। वह उस रोते आदमी का कमरा नहीं था, जिसे मुहर बाबा के कारण रोना पड़ा था। बल्कि वह कमाने-खाने दूर चले गये एक परिवार का कमरा था, जिसे पता नहीं था कि वह कितने समय बाद और कब लौटेगा। परिवार के पड़ोसी ने परिवार की ख़ाली जगह गोविन्द को किराये से दी थी और एक पता दिया था कि किराया इस पते पर मनीऑर्डर करना है। मनीऑर्डर रेलवे स्टेशन से ही हो जाता था और मकान मालिक की झंझट भी नहीं थी।

मुहर बाबा गोविन्द के जीवन से चला तो गया था, पर पूरी तरह नहीं जा पाया। बाबा अपनी चिलम, विरासत में, गोविन्द के लिए छोड़ गया था। चिलम, चिपकी रही गोविन्द के साथ और इस तरह चिपकी रही कि लोग उसे गँजेड़ी गोविन्द कहने लगे। और गोविन्द ने इस नये नाम को स्वीकार लिया, जिसमें गँजेड़ी शब्द आकर जुड़ गया था। पर गोविन्द को, अपने नाम के साथ बोला गया गँजेड़ी शब्द, कभी सुनाई नहीं देता था।

अध्याय-चार

ना देखने में प्रेम

समय सबके पास से एक-सा गुज़रता है। अन्धे के पास से भी वह वैसा ही गुज़रता है, जैसे गुज़रता है आँखवाले के पास से। बस समय के गुज़रने को, दोनों अलग-अलग-सा महसूस करते हैं। अन्धे के लिए वह अगर हवा का तेज़ झोंका है, तो अधड़ है आँखवाले के लिए। दोनों के लिए समय के गुज़रने की तीव्रता अलग-अलग है। जैसे वे पृथ्वी के दो अलग-अलग ध्रुवों पर खड़े हों–उत्तरी ध्रुव पर अगर आँख वाला आदमी खड़ा है, तो दक्षिणी ध्रुव पर बिना आँखवाला आदमी खड़ा रहता है। छुटका अन्धा, दक्षिणी ध्रुव पर खड़ा रहा–अपने अन्धे पिता के साथ। माँ के पास आँखें थीं, पर उसे भी दक्षिणी ध्रुव में, अन्धे पिता और पुत्र के बीच खड़ा रहना पड़ा। दो अन्धों की एक लाठी बन।

छुटकू अन्धे के हाथ से, अन्धे पिता के कमर की रस्सी कब छूट गयी, छुटकू अन्धे को यह पता ही नहीं चला। शायद उसकी उम्र के सोलह में पहुँचने पर, पिता की कमर की रस्सी उसके हाथ से छूट गयी थी। हुआ यह था कि माँ को एक दिन यह लगा कि अब वह बड़ा हो गया है और अन्धे होने के बावजूद, उस तरह यात्रियों के भीतर दया नहीं पैदा कर पा रहा, जैसा वह छोटे में कर पाता था कि देखो बिचारा अन्धा बच्चा। लगा इसलिए था कि उसे भीख माँगते देख, एक बुज़ुर्ग यात्री ने उसकी माँ से कहा कि इस लड़के से भीख क्यों मँगवा रही हो...किसी काम में लगाओ इसे...नहीं तो यह भी इसी तरह भीख माँगते बूढ़ा हो जायेगा...उस बुज़ुर्ग यात्री की अँगुली उसके अन्धे पिता की ओर उठी हुई थी। छुटकू अन्धे के हाथ से पिता की कमर की रस्सी, बुज़ुर्ग की यह बात सुनते ही तुरन्त छूट गयी थी, जिसे माँ के भय से कुछ क्षण बाद ही उसने फिर थाम लिया था जो माँ के कहने पर बाद में छूट ही गयी थी।

अब वह अन्धा बच्चा नहीं रह गया था तो लोगों के भीतर सवाल पैदा होने लगे थे कि यह जो छुटकू अन्धा है, है कितना तन्दुरुस्त, इसे कुछ काम करना चाहिए...

भीख के अलावा कोई और काम जो यह कर सकता हो...कोई भी छोटा-मोटा काम भी, भीख के अतिरिक्त इसे शोभा देगा...अगर एक बार यात्रियों के मन में उसे लेकर कोई सवाल जाग गया तो उनके मन में, भीख नहीं देने की इच्छा भी जाग जाती है। फिर इस भीख नहीं देने की लोगों की इच्छा को किसी तरह, किसी उपाय से मारना पड़ता है। छुटकू अन्धे की माँ, यह बात अच्छी तरह समझती थी। इसलिए उसने एक सुबह यह फैसला लिया कि अब छुटकू अन्धा, अपने बाप की कमर की रस्सी पकड़, गाना गाते, ट्रेनों के आगे-पीछे नहीं होगा और अब वह अकेला स्टेशन के मेन गेट के पास बनी उस सीढ़ी के नीचे बैठेगा जो लोगों को दूसरे प्लेटफ़ॉर्मों तक पहुँचाती थी। पहले माँ ने यह भी सोचा था कि कोई छोटी-मोटी चीज़ों का व्यापारी बना, छुटकू अन्धे को वह सीढ़ी के नीचे बैठा दे। इस तरह छुटकू अन्धा भिखारीपन से बाहर हो जायेगा। इज़्ज़त बढ़ जायेगी उसकी। पर बाद में माँ को यह कठिन लगने लगा। उसे लगा कि छुटकू, बिना आँखों के पैसा ठीक-ठाक ले पायेगा या नहीं। और दूसरी बात यह थी कि स्टेशन की पुलिस, छोटे व्यापारियों को ज़्यादा परेशान करती थी। फिर बाज़ार से सामान लाने-ले जाने की हज़ार झंझटें थीं। वह अपने अन्धे पति को सम्हालती और भीख माँगती या छुटकू अन्धे के व्यापार के लिए बाज़ार से सामान लाती।

कुल मिलाकर माँ को, यह बहुत कठिन लगा कि वह छुटकू अन्धे को व्यापारी बना सके या कुछ और बना दे जो वह सोच नहीं पा रही थी। तो माँ उसे अन्तत: व्यापारी बना नहीं पायी और ना ही वह बना पायी जो व्यापारी के अलावा कुछ और होता है और जिसे माँ सोच नहीं पायी थी। आसान यही था कि वह सीढ़ी के नीचे बैठ, ढपली बजाकर भीख माँगे। तो इस तरह छुटकू अन्धा भिखारी का भिखारी ही रह गया। अब उसके साथ ढपली जुड़ गयी थी जो गँजेड़ी गोविन्द से ख़रीदवाकर माँ ने मँगाया था। ढपली वह उपाय था जो छुटकू अन्धे को भीख नहीं देने की लोगों की इच्छा को मार सकता था।

प्लेटफ़ॉर्म, ट्रेन के आने पर चहल-पहल से भरते थे, पर यह सीढ़ी के नीचे की जगह, हमेशा ही आवाजाही से भरी रहती थी। यह अलग बात है कि यह आवाजाही कम-ज़्यादा होती रहती थी। ट्रेन के आने के समय में वह बढ़ जाती थी। ट्रेन के बाहर के समय में वह कम हो जाती थी। छुटकू अन्धे की माँ को लगा था कि यह छुटकू के लिए बेहतर जगह होगी, वह बैठा रहेगा और भीख उस तक आयेगी और उसे भीख तक जाना नहीं पड़ेगा। यह सीढ़ी, छह प्लेटफ़ॉर्मों तक यात्रियों को पहुँचाती थी और छह प्लेटफ़ॉर्मों से यात्रियों को बाहर लाती थी।

तो उस दिन से छुटकू अन्धा जो मेन गेट की सीढ़ी के नीचे बैठा तो बस बैठा रह गया। अब वह खड़े-खड़े नहीं बल्कि बैठकर ढपली बजाता गाने लगा था। सब कुछ ठीक-ठाक था। माँ ने सोचा बिल्कुल सही था। उसका कटोरा सिक्कों की आवाज़ से खनकता रहता था। अब वह कटोरे में गिरे नोट की बारीक सरसराहट को भी सुन लेता था। तब उसका हाथ तुरन्त कटोरे में जाता वह तुरन्त नोट को उठा लेता। आकार से पहचानता कि, वह पाँच का है या है दस का और उसे तह कर अपनी जेब में डाल लेता था। यह इसलिए भी ज़रूरी था क्योंकि नोटों का कटोरे से उड़ जाने का भय था और उसे वह उड़ते हुए देख नहीं सकता था तो वे उसके पास से गुम सकते थे। इसलिए जैसे ही नोटों की सरसराहट उसके कानों को मिलती, उसकी हथेली कटोरे के भीतर उतर जाती थी। सिक्कों को भी बीच-बीच में समेटना ज़रूरी था। कटोरे में ज़्यादा सिक्के दिखने पर भीख कम हो जाती थी। जीवन के हर काम की तरह भीख माँगने के काम की भी कई बारीकियाँ थीं। अब छुटकू अन्धा, इन बारीकियों को सीख गया था। पहले बाप की कमर की रस्सी पकड़ वह सीखता रहा, फिर प्लेटफ़ॉर्म की सीढ़ी के नीचे बैठे-बैठे अपने अनुभव से सीखता गया। अब वह भीख माँगने में, इतना पारंगत हो गया था कि उसके चेहरे का स्थायी भाव ही दयनीयता हो गया था। छुटकु-अन्धे का आना-जाना कम हुआ तो उसकी देह भरने लगी थी। वह खाता-पीता तन्दुरुस्त भिखारी लगने लगा था। माँ की नज़र अभी उसकी तन्दुरुस्ती पर गड़ी नहीं थी। तन्दुरुस्त भिखारी किसे भाता है भला!

यहीं उसे वह मिली। उसकी उम्र के चौबीसवें बरस में, जब इस सीढ़ी के नीचे भीख माँगते उसे दो बरस हो गये थे। वह बिल्कुल उसकी माँ जैसी थी, यानी उसके पास आँखें थीं। वह उत्तरी और दक्षिणी ध्रुव को मिलाने आ गयी थी। वह एक सुबह थी। अँधेरी नींद के बाद उसे जागने पर मिली, एक अँधेरी सुबह। पहली बार था कि यह सुबह उसे अँधेरी सुबह नहीं लगी। लगी एक उजास से भरी सुबह। यह अस्सुबह का समय था। थी बस इक्का-दुक्का आवाजाही। सुबह पाँच बजे की पहली ट्रेन जा चुकी थी। जिसके लिए छुटकू अन्धा ढपली बजा चुका था। यात्रियों के पास ट्रेन पकड़ने की हड़बड़ी थी, फिर भी उसका कटोरा छह-सात बार, पाँच के सिक्कों की आवाज़ से बज चुका था। सुबह के समय यात्री पुण्य बटोरने निकलते है। अन्धे को भीख देना–बड़ा पुण्य है।

अचानक छुटकू अन्धे ने अपने क़रीब किसी को महसूस किया। बहुत क़रीब नहीं, पर बहुत दूर भी नहीं। इतने पास कि वह चाहे तो इस उपस्थिति को हाथ बढ़ाकर छू सकता था। वह उस उपस्थिति की साँसें सुन रहा था।

"तू यहीं बैठता है?" उस उपस्थिति ने पूछा। वह एक लड़की की आवाज़ थी। आवाज़ कुछ इस तरह थी जैसे चेहरे को छूती ठण्डी हवा हो।

"हाँ, यहीं..." वह बहुत मुश्किल से थोड़ी देर बाद कह पाया था,"मैं अन्धा हूँ...कहाँ जाऊँगा?"

"मैं जानती हूँ," उसने कहा। "मैं जाने कब से तुझे देख रही हूँ। तू अच्छा गाता है..."

छुटकू अन्धे के चहरे पर शर्म की लाली दिखी। जिसे बस वह लड़की देख सकती थी।

"मतलब तू भी यहीं रहती है...स्टेशन पर..."

"हाँ यहीं...तू स्टेशन के बाहर यहाँ और मैं स्टेशन के भीतर..." वह मुस्कुरायी यह जाने बिना कि उसकी मुस्कुराहट को वह देख नहीं पायेगा।

"तू सच में अच्छा गाता है...ढपली भी अच्छा बजा लेता है...मुझे सिखायेगा?" लड़की ने उससे पूछा।

"तू मेरा मज़ाक़ उड़ा रही है ना..."

"नहीं सच कह रही हूँ...मुझे सीखना है...मैं रोज़ इसी समय आ सकती हूँ... सुबह–सुबह..."

वह उसके बहुत पास आ चुकी थी।

"पता नहीं मैं सिखा पाऊँगा कि नहीं...मैंने बस सीखा है...सिखाया किसी को नहीं है..."

"तू चाहेगा तो सिखा लेगा...सिखाना कोई कठिन काम नहीं है...सीखना कठिन काम है..." छुटकू अन्धा उस लड़की का चेहरा देख नहीं सकता था तो वह, यह अन्दाज़ लगा नहीं लगा पा रहा था कि उसने यह बात नाराज़ होकर कही है या कही है सहजता से। पर आवाज़ से उसे थोड़ा अन्दाज़ हुआ कि 'चाहेगा तो सिखा लेगा...' में कोई नाराज़ी छिपी हुई नहीं है।

वह चुप रहा। कुछ क्षणों बाद, वह बस मुस्कुराया था। वह चाहता था कि लड़की को सिखाये कि लड़की इस तरह रोज़ उसके पास आयेगी और उसका कुछ समय, उसके पास रहेगा रोज़।

थोड़ी देर चुप्पी रही। फिर बहुत देर चुप्पी रही। अलस्सुबह, जब चिड़ियों की चहचहाहट और पेड़ों में पत्तियों की सरसराहट भी थी। हवा में हल्की ठण्ड थी जो शरीर को छूती बह रही थी। लड़की के जाने की कोई आहट छुटकू अन्धे के पास नहीं थी। तो लड़की थी वहीं। उसके आसपास।

"सिखाने के बदले मुझे क्या मिलेगा?" छुटकू अन्धे ने लड़की की उपस्थिति को, मुस्कुराते हुए कहा।

लड़की ने अन्धे की मुस्कुराहट को देखा और यह भाप लिया कि उसमें थोड़ी शरारत घुली हुई है। वह मुस्कुरायी और बहुत देर, मुस्कुराहट लड़की के चेहरे पर ठहरी रही। इस बहुत देर ठहरी मुस्कुराहट को छुटकू अन्धा कभी नहीं देख सकता था।

छुटकू अन्धा लड़की की चुप्पी को सोच ही रहा था कि अचानक, उसने अपनी हथेली में एक बहुत ही अलग स्पर्श को महसूस किया जो ना तो बहुत मुलायम था और ना ही बहुत कठोर कि वह एक कामकाजी और कभी नहीं सहेजी गयी, हथेली का स्पर्श था। यह स्पर्श ही सुबह का उजास था। वह एक ऐसा स्पर्श था जिसे कोई अन्धा आदमी, अपनी मृत्यु तक, याद रख सकता है। यह स्पर्श फूल नहीं था, ना ही था पत्थर। यह कुछ ऐसा था जिसे छुटकू अन्धा ठीक-ठीक बता नहीं सकता था। उस स्पर्श ने उसके शरीर में, एक अजीब-सी सनसनी भर दी थी। वह एक नि:संकोच स्पर्श था जो बहुत देर, उसकी दाहिनी हथेली पर ठहरा रहा और छुटकू अन्धे ने अपनी हथेली में, हल्की कंपकंपाहट को महसूस किया–पहली बार।

वह कुछ कहने में थोड़ी देर और लगाता तो वह सुखद स्पर्श, उसकी हथेली से उड़ जाता। ठीक वैसे ही जैसे तितलियाँ उड़ जाती होंगी, उन फूलों से, जिनमें पराग नहीं हो।

उसकी हथेली अभी भी छुटकू अन्धे की हथेली में थी। उसने महसूस किया कि वह लड़की और उसके क़रीब खिसक आयी है और उसकी बायीं बाँह, उसकी दाहिनी बाँह को छू रही है और उसकी बायीं बाँह की हथेली, छुटकू अन्धे की कलाई को पकड़े हुए है ज़ोर से और फिर वह उसके कान में फुसफुसायी, "तू मुझे अच्छा लगता है...सीखने के एवज़ में मैं तेरी आँख बन सकती हूँ...मैं जो देख़ती हूँ, तुझे बता सकती हूँ...सोच ले तू मेरी आँख से देख सकता है दुनिया..."

"मेरी माँ ने कोशिश की है मुझे दुनिया दिखाने की...जितना वह दिखा सकती थी...पर यह सच है कि कितनी भी देख लो दुनिया...दुनिया देखने से बची ही रह जाती है...माँ अब रही नहीं...सच है कि मेरे पास, दुनिया को देखना अब रहा नहीं है...बस दुनिया को सुनना ही बचा है..." छुटकू अन्धे के चेहरे पर उदासी उतर आयी थी। उदासी का रंग सूरज की रोशनी में घुल रहा था। सूरज के रंग के पास कोई आवाज़ नहीं थी...नहीं तो छुटकू अन्धा, अपनी उदासी से, उदास सूरज के रंग को सुन सकता था।

छुटकू अन्धा कहना चाह रहा था कि तू भी मुझे अच्छी लगती है, पर उसके पास बस उस लड़की की हथेली का स्पर्श था और वह इतना जादू-भरा था उसके लिए कि उसने कहा, "मुझे तेरी हथेली की यह गर्मी बहुत अच्छी लग रही है..."

हथेली की गर्मी, बह रही ठण्डी हवा से लिपटी हुई थी। हथेली की गर्मी उगते सूरज की गर्मी को बढ़ा रही थी। सूरज बेचैन था। बह रही ठण्डी हवा, दो हथेलियों के बीच छिपी गर्मी को खोज रही थी।

"तू सोच रहा होगा ना...कितनी बेशर्म लड़की है...पहली बार में ही इतना, ऐसा कह गयी..."

"नहीं...नहीं ऐसा नहीं है..." छुटकू अन्धे ने हड़बड़ाकर कहा।

वह उसकी हड़बड़ाहट पर मुस्कुरायी। बहुत देर उसकी मुस्कुराहट, तितली बन उन दोनों के सिर के ऊपर उड़ती रही। जिसे छुटकू अन्धा नहीं देख सकता था कि मुस्कुराहट में कोई आवाज़ नहीं थी और ना था स्पर्श। वह भी, अपनी मुस्कुराहट को, अभी देख नहीं सकती थी जो उसके चेहरे पर थी। बस महसूस कर सकती थी। उसने देखा कि अन्धे का चेहरा उसी की ओर है, पर उसके चेहरे पर, तितली-सी उड़ती उसकी मुस्कान का कोई जवाब नहीं है। उसने सोचा बेचारा अन्धा...मैं इस पर क्यों फिदा हो रही हूँ...इसे तो जीवन भर ढोना ही पड़ेगा। पर अगर आँखों को छोड़ दो वह कितना सुन्दर है...गोरा चिट्टा...घुँघराले बालोंवाला लड़का। जबकि वह बिट्टकाली है। उसकी देह का रंग अँधेरे में गुम जाता है। यह वह लड़का है, जिसे उसके काले रंग से कोई फ़र्क़ नहीं पड़ेगा। यह सोच, वह फिर मुस्कुरायी। उसने अन्धे को फिर ग़ौर से देखा। देखा कि वह अपने सिर को अजीब तरह से, आसमान की ओर उठाये कुछ ढूँढ़ रहा है। लड़की को लगा कि वह उसके मुस्कान की तितली की उड़ान ढूँढ़ रहा है।

अगर वह यह कह देती कि मैं तुम्हें देखकर मुस्कुरा रही हूँ तो क्या अन्धा मुस्कुराहट को समझ सकता था? समझ लेता शायद क्योंकि मुस्कुराहट उसके पास भी थी, जिसे वह अपने चेहरे पर महसूस करता था, भले वह उसे देख नहीं सकता था दुनिया के किसी भी आईने में। किसी भी जल में वह निहार नहीं सकता था अपना चेहरा : काँपता-थरथराता जल-सा चेहरा।

अलस्सुबह, लड़की ने शायद आसपास देखा होगा कि कोई देख तो नहीं रहा है और उसने छुटकू अन्धे के गालों को, अपने ओठों से छू लिया था और ज़ोर से खिलखिलाती हुई हँसी थी और अपनी मुस्कुराहट को आवाज़ दे दिया था। और तब उसकी हँसी की आवाज़ दिखी थी छुटकू अन्धे को, अपने दाहिने गाल पर अंकित फूल से स्पर्श के साथ–यह उसकी आवाज़ का खिलखिलाता स्पर्श था और वह

उस हँसी पर फिदा हो गया था। सूरज मुस्कुराता हुआ उन्हें देख रहा था। वह हँसी थी और हँसने के बाद, फिर अचानक ही एक झटके में अपने स्पर्श की गन्ध छोड़, छुटकू अन्धे के पास से ग़ायब हो गयी थी।

इसी समय, छुटकू अन्धे को लगा कि इस स्पर्श को मृत्यु तक, उसके साथ ही रहना चाहिए। रहना चाहिए उसके पास अनन्तकाल तक। छुटकू अन्धे ने दूसरे दिन, अलस्सुबह उसका इन्तज़ार किया। सुबह दुपहर में बदल गयी और वह नहीं आयी। फिर तीसरे दिन की सुबह दुपहर में बदली और वह नहीं आयी...फिर चौथे दिन की सुबह दुपहर में बदली और वह नहीं आयी...पाँचवें दिन की सुबह उसकी हथेली पर, फिर वही स्पर्श आया जो ना बहुत मुलायम था और ना बहुत कठोर... छुटकू अन्धे के चेहरे पर एक हज़ार फूल खिल गये, "ओह...मैं तेरा इन्तज़ार करता रहा...मैंने सोचा तू अब रोज़ आयेगी..."

"तू प्लेटफ़ॉर्म के बाहर है और मैं प्लेटफ़ॉर्म के भीतर हूँ...मैं एक से छह नम्बर प्लेटफ़ॉर्म पर नाचती रहती हूँ भीख माँगती...ट्रेनें सुबह से रात तक आती रहती हैं... मैं कभी-कभार ही बाहर आती हूँ...रोज़ बाहर आऊँगी तो माँ मुझे मार डालेगी... वह बीमार रहती है...उसकी देखभाल भी करनी पड़ती है...तुम अकेले हो?" उसने अचानक पूछा था।

"हाँ...अब अकेला ही...पिछले बरस माँ-बाप दोनों मेल के नीचे आ गये... दोनों साथ भीख माँगते थे और साथ ही मर गये...पहले अन्धा बाप मेल के नीचे फिसला...फिर उसे बचाने के चक्कर में माँ भी नीचे चली गयी...इसके बाद से मैंने प्लेटफ़ॉर्म के भीतर ही जाना छोड़ दिया...यहीं पड़ा रहता हूँ...भीख भी ठीक-ठाक ही मिल जाती है...यहीं सीढ़ी के नीचे सो जाता हूँ।" छुटकू अन्धे के चेहरे से अवसाद टपक रहा था। लड़की देख सकती थी–सीढ़ी के नीचे पड़ी उसकी गृहस्थी, वहाँ सोने के लिए एक बिछी हुई कथड़ी, खाने के लिए कुछ बर्तन थे और एक बड़ी-सी गठरी थी, जिसके भीतर पता नहीं क्या बँधा हुआ था। लड़की ने सोचा यह ज़रूर उसके माँ-बाप का छोड़ा समान होगा। जीवन-भर की कमाई एक गठरी।

लड़की ने उस अवसाद को महसूस किया और अब उसकी दोनों हथेलियों की थपथपाहट के बीच, छुटकू अन्धे की काँपती-सी हथेली थी जो लड़की की सांत्वना-भरी थपथपहटों से भींग रही थी। ऐसा ही होता है–हर दुःख को एक गरम और संवेदना से भरी हथेली की ज़रूरत होती है। दुःख बहुत थे, पर छुटकू अन्धे के लिए, माँ-बाप का न रहना ही सबसे बड़ा दुःख हो गया था। इस दुःख ने, संसार में उसे अकेला छोड़ दिया था। उसे इस उम्र तक सहेजता माँ का हाथ, साल भर से ग़ायब था। ग़ायब था पिता का अन्धा, पर प्यार-भरा स्पर्श जो इस उम्र तक उसके

पास रहा। बस अभी-अभी उसने, उस लड़की की हथेली से, माँ और अपने पिता के स्पर्श को याद किया था।

पिता उसका चेहरा छूते थे। छूते थे उसकी पूरी देह उसके कन्धों और बाँहों को सहलाते हुए—अपनी हथेलियों से। छूते-छूते जब उसकी आँखों तक पहुँचती थी, उनकी हथेलियाँ तो देर तक आँखों की पुतली के ऊपर आकर ठहर जाती थीं। वह साँस रोके बैठा रहता अगर बैठा होता। लेटा रहता तो लेटा रहता साँस रोके। पिता की हथेलियाँ ठहरी रहती थीं देर तक उसकी पुतलियों पर। ठहरी रहतीं हल्के-हल्के सहलाती पुतलियों को उसकी। वह पिता की हथेलियों के ताप को अपनी पलकों पर महसूस करता। देर तक एक घनी चुप्पी ठहरी रहती, अन्धे पिता और अन्धे बच्चे के बीच। पिता की हथेलियों और छुटकू अन्धे की पलकों के बीच, अन्धकार का लहलहाता काला समुद्र रहता। ऐसा काला समुद्र जिसकी लहरों के पास आवाज़ नहीं थी।

छुटकू अन्धे को हमेशा लगता कि पिता की हथेलियों के हटते ही, ऊपर उठेंगी उसकी पलकें और दिखेगी आवाज़ों और स्पर्श की उसकी दुनिया रोशनी से नहायी हुई। अलबत्ता ऐसा ना होना था और ना हुआ। इस तरह एक अन्धा पिता, अपने अन्धे बेटे का, बड़ा होना महसूस करता रहा और ख़ुश होता रहा। इसके साथ ही महसूस करता था अपने बेटे के अन्धेपन को और दुःखी होता रहा। अन्धे बेटे की पलकों पर, जितनी बार आतीं पिता की हथेलियाँ, उतनी बार उसके भीतर देखने की उम्मीद जगातीं। हमेशा लगता बेटे को यह जो अँधेरे का काला समुद्र लहलहाता रहता हैं उसकी पलकों और पिता की हथेलियों के बीच, वह एक दिन रोशनी के लहलहाते समुद्र में बदल जायेगा और जिसकी लहरों के पास होगा रोशनी का शोर। यह कभी नहीं ख़त्म होने वाला सिलसिला रहा, एक अन्धे बाप और उसके अन्धे बेटे के बीच...

जीवन इसी तरह बचा रहता है। समाप्त हो जाने के बाद भी बचा रहता है जीवन। बचा रहता है समाप्त जीवन, जीवित बचे मनुष्यों की स्मृति में। या इस तरह बचा रहता है, जैसा छुटकू अन्धे ने मंहसूस किया अभी-अभी अपने माँ-बाप का स्पर्श, इस अनजान-सी लड़की के स्पर्श में अभी-अभी। इस तरह समाप्त जीवन भी, कभी समाप्त नहीं होता है। जिस लड़की का नाम भी, छुटकू अन्धा अब तक नहीं जान रहा है, उस लड़की के पास है, उसके माँ-बाप-सा स्पर्श। यही जीवन है।

"एक बात पूछूँ...किस नाम से बुलाऊँ तुझे..." छुटकू अन्धे ने लड़की से कहा।

"मेरे तो कई नाम हैं...माँ मुन्नी बोलती है...भिखारिने काली...तू चाहे तो एक नया नाम रख ले..." वह ठीक कह रही थी, वह जहाँ है–वहाँ नाम से फ़र्क़ कुछ पड़ता नहीं है। यहाँ उनके नाम इस तरह हैं, जैसे भिखारी शब्द के भार के नीचे दबे फड़फड़ाते पन्ने हों। ऐसे फड़फड़ाते पन्ने जो शब्द–भिखारी के भार को हटा दो तो भी फड़फड़ाते रहेंगे। उड़ेंगे नहीं कभी। उड़कर जायेंगे भी कहाँ। यहीं फड़फड़ाते रहना है। इसी स्टेशन पर।

छुटकू अन्धा सोच में पड़ गया कि क्या जवाब दे। कुछ देर बाद उसने कहा, "मैं भी तुझे मुन्नी बुलाऊँगा, तेरी माँ कि तरह..."

छुटकू अन्धे ने बोलकर देखा, मुन्नी...फिर दूसरी बार उसने कहा, मुन्नी... फिर तीसरी बार उसने कहा, मुन्नी। मुन्नी तीन बार उसके मुँह से अपना नाम सुन शरमा गयी। छुटकू अन्धा उसके चेहरे पर अभी-अभी उभरी गुलाबी-सी शर्म को नहीं देख सकता था। उसे पता था कि वह मुन्नी की हँसी सुन सकता है। सुन सकता है उसका रोना। पर मुस्कुराना और शर्माना नहीं सुन सकता है। उसने मुस्कुराने और शर्माने को अपने चेहरे पर महसूस किया है बस। वह नहीं जानता कि मुस्कुराने और शर्माने पर वह कैसा दिखता है? वह नहीं जानता कि मुस्कुराने और शर्माने पर मुन्नी कैसी दिखती होगी?

वह नहीं जानता था कि नहीं मुस्कुराते हैं पशु कभी। मुस्कुराते हैं सिर्फ़ मनुष्य। पर इतनी नहीं है मनुष्य की मुस्कुराहट इस पृथ्वी पर कि पृथ्वी लबालब हो जाये मनुष्यों की मुस्कुराहटों से और छलकने लगे मनुष्य की मुस्कुराहट ब्रह्माण्ड में।

मुन्नी को, दृष्टि की खोंज में, छुटकू अन्धे के अजीब से हिलते सिर को देख लगा कि अगर मुन्नी मुस्कुराये तो उसे अन्धे से कहना चाहिए कि वह अभी मुस्कुरायी है। शर्माये तो उसे कहना चाहिए, अभी वह शरमाई है। हँसी के लिए कुछ कहने की ज़रूरत नहीं है। जिन चीज़ों के पास आवाज़ नहीं, बस उन्हें कहना चाहिए। अभी वह उत्साह में इस बात को सोच रही है, पर लगातार वह कब तक यह कर पायेगी कौन जानता है...वह ख़ुद नहीं जानती है।

छुटकू अन्धे की माँ अभी ज़िन्दा रहती और उसे ईमानदारी से बताना चाहती, इस लोभ को छोड़कर कि उसके अन्धे लड़के को ढोने के लिए एक आँख वाली लड़की मिल जा रही है तो यह ज़रूर कह सकती थी कि अन्धे पति को जीवन भर ढ़ो पाना आसान नहीं है। एक तो यह भिखारी-जीवन ही कठिन है और अन्धे पति के साथ भिखारी जीवन और ज़्यादा कठिन है। इस तरह के जीवन में मरने की इच्छा बार-बार जागती है। छुटकू अन्धे की माँ ज़िन्दा रहती तो बताती कि वह तीन बार ट्रेन के सामने कूदने के लिए खड़ी हो चुकी थी, पर हर बार छुटकू अन्धे का चेहरा,

आँखों में उभर आने के कारण, वह कूद नहीं पायी थी कि बेचारा अन्धा बच्चा, उसकी तो माँ के न रहने पर छीछालेदर हो जायेगी। अन्धा बाप उसका, अपने अन्धे बेटे को सम्हालेगा कैसे! यह सोचती और रुक जाती।

छुटकू अन्धे की माँ, सच कहती तो यह भी कहती कि धीरे-धीरे ही सही अन्धे-साथ की आदत पड़ ही जाती है और फिर लम्बे साथ के बाद कुछ अटपटा लगता नहीं है। सच तो यह है कि अन्धे की आँखवाली पत्नी भी आधी अन्धी हो जाती है। कई बार यह भी लगता है कि वह पूरी अन्धी हो जाये तो क्या बुरा है?

कल के बाद, आज फिर सुबह थी। भरी-पूरी सुबह से, ठीक पहले की सुबह। उगती हुई सुबह। मुन्नी छुटकू अन्धे के पास बैठी थी सीढ़ी के नीचे। ठीक सामने सूरज था–दुकानों और होटलों की छत से ऊपर उठता, लाल सूरज था। बायीं ओर एक ऊँचा मन्दिर था। मन्दिर, उस जगह के नज़दीक था, जहाँ से स्टेशन आये लोग वापस शहर लौटते थे। स्टेशन के निकासी द्वार के नज़दीक। सुविधा थी यह एक। कोई भी स्टेशन के लिए घुसते हुए, निकलते हुए, ईश्वर के दर्शन कर सकता था। स्टेशन के प्रवेश द्वार से लगा आरक्षण कार्यालय था। मेन प्लेटफ़ॉर्म पर जनरल बुकिंग ऑफ़िस था। सब कुछ सुसंयोजित था। स्टेशन के भीतर घुसो। टिकट ख़रीदो। प्लेटफ़ॉर्म में जाओ। ट्रेन आने पर अपनी ट्रेन के उस डिब्बे में बैठ जाओ, जिसमें आपकी सीट बुक है। बुक नहीं है सीट तो जनरल डिब्बों में बैठ जाओ।

जनरल डिब्बे ट्रेन में अब कम रह गये थे, इसलिए ठसाठस भरे रहते थे। इन ठसाठस भरे डिब्बों में भिखारी भी बहुत कम ही भीख माँगने घुसते थे। वे आमतौर इन डिब्बों को छोड़ देते थे कि वहाँ मेहनत और झिकझिक अधिक थी और भीख कम थी। कई बार जनरल डिब्बे की भीड़ को देखकर लगता था कि यह पूरी भीड़ भी कहीं भीख माँगने जा रही है। यह भीड़ भिखारियों से बस थोड़ी ही ऊपर थी। बस इतनी कि भीख नहीं माँग रही थी, बल्कि मेहनत-मज़दूरी कर कमा-धमा रही थी। मज़दूरी न मिले और भूख इतनी जग जाये कि असहनीय हो जाये तो यह भीड़, कभी भी भीख की ओर फिसल सकती थी।

एक नम्बर प्लेटफ़ॉर्म पर अगर आपकी ट्रेन नहीं आने वाली है और आने वाली है दो से छह नम्बर के प्लेटफ़ॉर्म पर तो आपको इस जगह से गुज़रना होगा, जहाँ छुटकू अन्धा बैठता है और जहाँ अभी मुन्नी भी उसके साथ बैठी हुई है।

"बता तू क्या देखना चाहता है?" मुन्नी ने छुटकू अन्धे से पूछा।

"...जो तेरी आँखों से दिख रहा है वह," छुटकू अन्धे ने उत्सुकता से कहा।

पर छुटकू अन्धा यह जानता नहीं था कि आँखें हों तो भी देखना मुश्किल रहता

है। आँखों के सामने से चीज़ें निकलती रहती हैं और आँखें उन्हें देख नहीं पातीं। जिस वस्तु को देखना है, उसे देखने के लिए, आँखों को कोशिश करनी पड़ती है। इस कोशिश की चाभी दिमाग़ के पास रहती है। दिमाग़ से चाभी लेकर आने पर ही देखने का ताला खुलता है। किसी वस्तु को आँखें जितनी ग़ौर से देखेंगी, उतनी ही वह वस्तु खुलती जायेगी। उस वस्तु के आसपास यह आश्चर्य चमकता-सा दिखेगा कि आज से पहले, आँखों ने इस तरह उसे कभी नहीं देखा है। बार-बार आँखों के सामने सरसरी तौर पर उपस्थित, पर लम्बे समय से दिख रही कोई वस्तु या मनुष्य भी, असल में आँखों द्वारा नहीं देखे जाने से रह जाता है। देखा जाता है तभी जब आँखें उन्हें देखती हैं इस तरह ग़ौर से कि जैसे देख रही हों पहली बार। पहली बार जैसे देख रहा हो नवजात अपने आसपास की वस्तुओं को और मनुष्यों को। पहली बार जैसे देख रही हों वस्तुएँ किसी चमकीली आँखों को। जैसे देख रही हों वस्तुएँ, अपने को देखते पहली बार।

मुन्नी को भी पता नहीं है कि छुटकू अन्धे को दिखाने के लिए ठीक अभी-अभी, उसने अपने जीवन में बचपन के बाद, अब फिर वस्तुओं और मनुष्यों को ग़ौर से देखना शुरू कर दिया है। इस ग़ौर से देखने का जो खेल है, उसे खेलते हुए, उसे भी अच्छा लग रहा है।

"हमारे ठीक सामने थोड़ी दूर पर एक स्कूटर और साइकिल स्टैंड है...स्टैंड में ढेरों स्कूटर और साइकिलें है...यह उनकी स्कूटर और साइकिलें हैं जो ट्रेन से आस पास की जगहों पर नौकरी करने जाते हैं...स्टैंड में बस एक आदमी दिख रहा है जो एक कुर्सी पर बैठा, बीड़ी पी रहा है...उसके सामने एक टेबल रखा है जिसमें एक रजिस्टर है...पीली पर्चियों की गड्डियाँ हैं...जो भी साइकिल या स्कूटर रखने वहाँ जाता है...वह आदमी पीली परची फाड़कर उसे देता है...अभी-अभी दो साइकिलें वहाँ आयी हैं और एक स्कूटर बस अब भीतर जा रही है...तूने कभी स्कूटर और साइकिल को छूकर देखा है?" मुन्नी ने इतने वाक्यों को बोलने के बाद यह प्रश्न किया। छुटकू अन्धे ने 'नहीं' के लिए मुण्डी हिलाया और मुस्कुराने लगा। अन्धा जब स्कूटर और साइकिल के बारे में कुछ जानता ही नहीं है तो उसे बताया कैसे जाये? सारे बोले वाक्य व्यर्थ गये। लगा मुन्नी को। पर वाक्य व्यर्थ नहीं गये थे...

"मैंने इनकी आवाज़ें सुनी हैं...स्कूटर की आवाज़ अलग होती है और कार की अलग...ट्रक की आवाज़ भी मेरे पास है...साइकिल की आवाज़ इन सबसे बिल्कुल अलग होती है,...वैसे तो हर गाड़ी की आवाज़ अलग होती है...दो स्कूटर की आवाज़ आपस में नहीं मिलती...नहीं होती एक जैसी दो कार और दो साइकिल की आवाज़ें...यह यहाँ सीढ़ी के नीचे बैठने पर हुआ है...यहाँ बैठकर यह आवाज़ें ही,

ये गाड़ियों की आवाज़ें मुझे मिली हैं...मेरे पास जो सबसे अधिक आवाज़ रही है, वह ट्रेन की आवाज़ है...वह दिन-रात रही है और बरसों रही है और बरसों रहेगी..." छुटकू अन्धे ने ख़ुश होकर कहा।

ट्रेन कि आवाज़ छुटकू अन्धे के भीतर रहती थी। ट्रेन की आवाज़ मुन्नी के भीतर भी रहती थी। दोनों ट्रेन की आवाज़ों को सुनते इसी स्टेशन पर पैदा हुए थे। यह संयोग नहीं था कि दोनों मालगाड़ी के पुराने डिब्बे में पैदा हुए थे। संयोग यह था कि जब दोनों पैदा हुए थे तो ट्रेन ने बजायी थी लम्बी सीटी। ट्रेन की वह लम्बी सीटी, अलग-अलग समय दो भिखारी बच्चों के पैदा होने की इस पृथ्वी पर घोषणा थी।

"आवाज़ों का राजा है तू छुटकू..." मुन्नी ने कहा।

मुन्नी सही कह रही थी कोई भी आँखवाला आदमी आवाज़ों को इतने ध्यान से नहीं सुनता, जब तक कि वह आवाज़ उसके काम की आवाज़ ना हो। इस जगह पर जहाँ आवाज़ों की घनी भीड़ है, तब आवाज़ों को छाँट-छाँटकर सुनने का काम कोई अन्धा आदमी ही कर सकता है। कर सकता है वही जिसे आवाज़ों से दुनिया देखना है।

"आवाज़ों का अन्धा राजा कहो...मैं प्लेटफ़ॉर्म से बरसों बाद बाहर आया हूँ... बाहर आये, बस दो बरस हुआ है...स्कूटर, कार और साइकिल की आवाज़ें, एक साल से सुन रहा हूँ...उन्हें छूकर देखने की इच्छा भी होती है...पर डरता हूँ...मैं बीच की सड़क को पार करने से डरता हूँ, जिस पर मैं इनकी लगातार आवाज़ें सुनता हूँ..." छुटकू अन्धे ने कहा और हँसा। हँसी मुन्नी भी, पर वह समझ नहीं पायी कि हँसी क्यों? कई बार हम हँसी के जवाब में हँस देते हैं और हमें यह पता ही नहीं रहता कि हम दुःख पर हँस रहे हैं। हम वहाँ हँस रहे हैं, जहाँ हमें नहीं हँसना चाहिए।

इस तरह यह सिलसिला छुटकू अन्धे और मुन्नी के बीच चल निकला। मुन्नी सामने दिख रहे किसी भी दृश्य को चुन लेती और उसका विस्तार से बखान करने लगती–छुटकू अन्धे के लिए। इस तरह दृश्य में, धीरे-धीरे सुबह-सुबह, सामने दिख रहा, सब कुछ आता गया। मन्दिर, मनुष्य, पीपल, बरगद, साधू, यात्री, भिखारी, बच्चे, सड़क के पार की दुकानें, आसमान, सूरज, यहाँ तक कि आसमान में गुज़रता हवाई जहाज़ भी, पीपल-बरगद पर बैठी चिड़ियाएँ भी...बरगद की घनी जटाएँ भी, जो बरगद की शाखाओं से झूलती ज़मीन में धँस शाखाएँ बन, अब बरगद की उम्र बन चुकी थीं। जो मुन्नी को दिख रहा था, वह हर सुबह आकर छुटकू अन्धे को दिखा रही थी। छुटक-अन्धे की सुबह की दुनिया इस तरह बड़ी होती गयी, पर मुन्नी

बाक़ी समय, दोपहर, शाम, रात उसके पास रहती नहीं थी, तो दोपहर, शाम, रात की दुनिया उसकी सूनी और छोटी ही थी। वह सुबह के मुन्नी के साथ के ख़त्म होते ही, फिर उस अगली सुबह की प्रतीक्षा करने लगता, जिसमें मुन्नी का साथ उसे मिलता था।

मुन्नी छुटकू अन्धे की आँख बन रही थी–धीरे-धीरे। धीरे-धीरे वह ढपली बजाना भी सीख रही थी। वैसे ढपली में उसकी बहुत ज़्यादा दिलचस्पी थी नहीं। ढपली सीखना तो छुटकू अन्धे के निकट होने का बहाना था। वह उसके हाथ में बजती ढपली छीन लेती और बजाने लगती और ढपली की ध्वनि बिखरने लगती तो छुटकू अन्धा मुन्नी की कलाई और अपनी अँगुलियों से, उसकी हथेली को थाम, बिखरती ध्वनि को समेटने लगता। ढपली से स्वर फूटता। फूटता स्वर मुन्नी की उस कलाई और हथेली से भी जिसे थामे, छुटकू अन्धा ढपली उससे बजवाता रहता। मुन्नी की हथेली, अकेले ढपली बजाना नहीं चाह रही थी। वह चाह रही थी ढपली बजाना, छुटकू अन्धे की हथेली के स्पर्श के साथ-साथ। जहाँ ढपली बजती रहती और हथेलियों से प्रेम बहता रहता था।

यह प्रेम इतना बहा, इतना बहा कि एक दिन पूरा स्टेशन और स्टेशन का बाहर, इसमें डूबने लगा। उनके प्रेम के तरल से भर गया पूरा स्टेशन यह। भरा इतना कि उस तरल में घुटनों तक डूब गये यात्रियों के पैर। ट्रेन आयी तो ट्रेन के भीतर घुस गया तरल कि डिब्बों में बैठे यात्रियों के पैरों के पंजे, प्रेम के तरल की गुदगुदी से भर गये। स्टेशन के अन्दर बने मन्दिर की मूर्ति तक पहुँच गया प्रेम का तरल। मूर्ति उसमें डूब गयी। डूब गया साइकल स्टैंड। बिना उस तरल से भीगे मुश्किल हो गया लोगों का घुसना स्टेशन के अन्दर। मुन्नी की माँ ने, इस बात को सबसे पहले महसूस किया कि कुछ तो करना होगा कि अगर मुन्नी और छुटकू अन्धे का प्रेम-तरल इसी तरह बढ़ता गया तो पूरा स्टेशन ही उनके प्रेम के तरल में डूब, बह जायेगा।

अध्याय-पाँच

ना देखने का देखने से ब्याह

इस तरह एक सुबह वह आयी, जिसमें मुन्नी अकेले नहीं, मुन्नी के साथ उसकी माँ भी थी। मुन्नी-सी काली और कमज़ोर। सफ़ेद उलझे और मैले बाल। झुर्रियों से घना, थका चेहरा। मुन्नी के माँ के चेहरे पर, थकान एक स्थायी भाव की तरह मौजूद था। यह भाव कब उसके चेहरे पर आया और कब हमेशा के लिए ठहर गया, यह मुन्नी की माँ को पता ही नहीं चला कभी। मुन्नी की माँ ने बरसों हो गये, अपना चेहरा नहीं देखा था और अब वह अपना चेहरा भूल चुकी थी। स्टेशन में आईने बहुत थे, पर वे मुन्नी की माँ का चेहरा दिखाते नहीं थे। वे मुन्नी की माँ का चेहरा सामने आते ही, आईनों की उत्पत्ति के समय के आईने हो जाते थे। अपरिष्कृत आईने। जिसमें मुन्नी की माँ का चेहरा, काँपता–सा और काले धब्बे-सा नज़र आता था।

मुन्नी, माँ के साथ थी तो भय और संकोच के साथ थी। उसने अपनी माँ को यह बताया नहीं था कि जिस लड़के से वह मिलाने ले जा रही है, वह अन्धा है। सच यह है उसकी यह कहने की हिम्मत ही नहीं हुई। कहती तो शायद उसकी माँ आती ही नहीं यहाँ। कहती अन्धा है तो छोड़। शादी के लिए मरी जा रही है क्या...अभी तेरी उम्र ही क्या है...कोई न कोई मिल जायेगा...

छुटकू अन्धा, उगते सूरज को ढपली सुना रहा था। उसकी मुण्डी लय में हिल रही थी। एक अन्धी लय में। आँखें बन्द थी। मन मगन था। मन बह रहा था ढपली की लय में। उगता सूरज देख रहा था मगन छुटकू अन्धे को।

देख रही थी मुन्नी की माँ, अन्धे को ढपली बजाते। देखती रही थी कि उसके कटोरे में, कितनी देर में कितनी बार, सिक्कों की खनक आती है। जब उसने थोड़ी ही देर में, उसके कटोरे में फिसलकर गिरते कुछ नोटों को भी देखा तो वह मन ही मन बहुत ख़ुश हुई। यह अलग बात है कि उसके चेहरे पर बैठी थकान ने, उस ख़ुशी को उसके चेहरे पर उभरने नहीं दिया। मुन्नी की माँ का चेहरा, सब भीतर कहता था, बाहर चेहरे में कुछ उभरता नहीं था। पर मुन्नी अपनी माँ के चेहरे को पढ़ लेती थी।

पढ़ लेती थी वह सब जो माँ के चेहरे के भीतर छिपा रहता। जैसे माँ के चेहरे का भाव, कोने में छिपा कोई नन्हा बच्चा हो, मुन्नी से छुपा-छुपव्वल खेलता।

मुन्नी की माँ, अन्धे के सामने बैठ गयी थी उकड़ूँ। थोड़ी दूर पर। मुन्नी अब भी खड़ी थी–ठीक अपनी माँ के पीछे। वह उस आभास का इन्तज़ार कर रही थी जो उसकी उपस्थिति पर छुटकू अन्धे को हो जाता था और वह ढपली बजाना छोड़, मुन्नी की उपस्थिति पर अपने कान लगा देता था। मुन्नी की उपस्थिति के आभास की एक गन्ध भी थी, जिसे सिर्फ़ छुटकू अन्धा ही सूँघ पाता था। मुन्नी खड़ी रही। खड़ी रही तब तक, जब तक उसकी उपस्थिति के आभास की गन्ध, छुटकू अन्धे तक ना पहुँच गयी।

अचानक ढपली बन्द हो गयी। छुटकू अन्धे के कान मुन्नी की उपस्थिति की आहट पर थे। पर मुन्नी की उपस्थिति की आहट के साथ, वह एक और अपरिचित उपस्थिति की आहट को भी वह महसूस कर रहा था। इस मिली-जुली आहट से उसे कुछ अजीब-सा लग रहा था, जिसे कोई पूछे तो वह अभी ठीक-ठीक बता नहीं सकता था।

"तू आ गयी..." छुटकू अन्धे ने मुन्नी की उपस्थिति को कहा।

"हाँ आ गयी है...और आज अकेले नहीं आयी है...उसकी माँ भी आयी है साथ में..." मुन्नी की माँ ने छुटकू अन्धे को कहा।

छुटकू अन्धे को समझ ही नहीं आया कि वह क्या कहे...क्या करे...वह हड़बड़ा गया और थोड़ा घबड़ा भी गया। ढपली हाथ से छूट गयी। वह उठ खड़ा हुआ। उसके हाथ प्रणाम की मुद्रा में आ गये। वह वैसे ही खड़ा रहा हाथ जोड़े देर तक। मुन्नी की माँ उसे देखती रही। देखती रही मुन्नी भी। असल में किसी को कुछ समझ नहीं आ रहा था कि आगे अब क्या करें...क्या कहें...

"तू बैठ मेरे पास..." मुन्नी की माँ ने मुन्नी का हाथ पकड़ अपनी ओर खींचते हुए कहा। मुन्नी तुरन्त माँ के बाज़ू में ही उकड़ूँ बैठ गयी।

"तू भी बैठ जा...तू क्यों खड़ा है?" मुन्नी की माँ ने छुटकू अन्धे से कहा। छुटकू अन्धा हड़बड़ाकर तुरन्त बैठ गया। वह समझ गया था कि आज कुछ अजीब-सा घटने वाला है।

"कैसे रे अन्धे, तुझे मेरी ही लड़की मिली थी फँसाने के लिए...अपना आराम देख रहा है...आँखवाली लड़की को फँसा रहा है...जिससे ज़िन्दगी भर वह तेरी ग़ुलामी करे, जैसे तेरी माँ, तेरे बाप की करती थी...जैसे आँख होते भी वह अन्धी थी...वैसे ही यह मेरी लड़की भी अन्धी है...साली क्या दिखा इस अन्धे में तुझे... काहे मर रही है तू इस पर...इस अन्धे का तो फ़ायदा ही फ़ायदा है...अन्धा अपने

लिए लाठी खोज रहा है...पर तेरा जीवन तो नरक हो जायेगा...एक बार फिर सोच ले लड़की...चार दिन में प्यार घुसड़ जायेगा सब...पछतायेगी बहुत...इसके रंग पर फ़िदा हो गयी है...क्या करेगी चाटेगी इसका रंग..." मुन्नी की माँ कहती गयी, "यह अन्धा हमेशा तेरी पीठ पर लदा रहेगा, जैसे छोटे बच्चे लदे रहते हैं अपनी माँ की गोद में...गोद में लेकर घूमना इस अन्धे को...तू क्या सोच रही है कि अन्धे से ज़्यादा सुख पायेगी...अन्धा है तो क्या हुआ, देखना जैसे यह तेरा आदमी बनेगा, तेरे से वैसा ही व्यवहार करेगा, जैसा कोई आँखवाला पति करता है...पूछ ले इससे कि इसका अन्धा बाप इसकी माँ को मारता था या नहीं...मैं तो उन दोनों की शादी में भी थी... इस अन्धे को पैदा होते भी देखा है..." मुन्नी की माँ कहती जा रही थी।

छुटकू अन्धे का इससे पहले इतना अपमान कभी नहीं हुआ था। वह अपमान और धक्कों का आदि था, पर यह थोड़ा ज़्यादा था। ज़्यादा था इसलिए कि इसमें बहुत कुछ सच था। वह अन्धा था, यह सबसे बड़ा सच था। पर यह सच नहीं था कि उसका अन्धा बाप, उसकी माँ को मारता था। उसने कभी अपने बाप को, अपनी माँ को मारते नहीं देखा। देखा था हमेशा अपनी माँ को, अपने अन्धे बाप पर भड़कते और चार बात सुनाते। और अपने अन्धे बाप को देखा था सिर झुकाये, चुपचाप सुनते। सुनते और कभी-कभी एक-दो वाक्य में जवाब देते हुए कि अपनी बात, अपनी पत्नी को समझाने की कोशिश हो सके। कोशिश हो सके माँ के ग़ुस्से को शान्त करने की। कभी-कभार एकाध बार, उसके अन्धे बाप ने उसकी माँ को मारा होगा तो उसे पता नहीं है। पर उसे लग रहा है, बुढ़िया की यह बात तो झूठी है कि उसका बाप, उसकी माँ को मारता था। उसका बाप जब, उसकी माँ की बड़बड़ सुनते-सुनते थक जाता था तो ज़ोर से चीख़ता था बस। इतनी ज़ोर से कि पूरा प्लेटफ़ॉर्म उसकी चीख़ से भर जाता था। उसकी चीख़ के बाद माँ की बड़बड़ शान्त हो जाती थी, जैसे दूध की उबाल पर पानी गिर गया हो।

मुन्नी की माँ ने, उसे लेकर जो कहा था, उसमें सच ज़रूर था। सच था यह कि अन्धा ठीक-ठाक भीख में कमा रहा था, पर अन्धे का साथ आसान नहीं था। अन्धे को ढोना पड़ता ही है। मुन्नी को यह पता नहीं था कि उसका छूटकू अन्धे के लिए, रोज़ सुबह, दृश्यों का बखान करना, एक तरह से ढोना ही था और वह उसे प्रेम समझ रही थी और ढो रही थी प्रेम से, जिसमें उसे बहुत मज़ा आ रहा था। मुन्नी को पता नहीं कि बहुत जल्द, छुटकू अन्धे के लिए दृश्यों का यह बखान वह छोड़ देगी। दृश्य तब बचे रहेंगे। बचे दृश्य वे, छुटकू अन्धे तक नहीं पहुँच पायेंगे। बचे दृश्य मुन्नी के बखान का इन्तज़ार करते बेचैन रहेंगे। मुन्नी की माँ, अपनी लड़की की चिन्ता कर रही थी और यह उसका हक़ था। यह हर माँ का हक़ है कि वह

अपनी बेटी को सावधान करे, जहाँ बस वह फिसलने-फिसलने को है। फिसलकर गिर जाने को है।

मुन्नी क्या कह सकती थी...वह प्रेम और संशय के बीच खड़ी थी। वैसे तो स्त्री-पुरुष का कोई भी साथ आसान नहीं रहता है। रहता है वह हमेशा कठिन। साथ-साथ चलना, कुछ इस तरह रहता है, जैसे पैरों में छाले लिए चल रहे हों। चल रहे हों थोड़ा उचक-उचककर, धीमी गति पर। यहाँ तो धीमी गति पहले से ही मौजूद है। एक अन्धी गति, जिससे संगति बिठाने का भार, मुन्नी के ऊपर ही ज़्यादा है। फिर छाले उभरेंगे तो गति और धीमी हो जायेगी। धीमी गति कहीं रुक ना जाये अचानक, इसका ख़तरा हमेशा बने रहने वाला है। जो होगा देखा जायेगा–मुन्नी ने जब सोचा तो उसके भीतर उठा संशय छिप गया कहीं–मुन्नी के भीतर ही। छिप गया कभी फिर जागने के लिए।

जब दोनों साथ-साथ होंगे तो मुन्नी से संगति तो छुटकू अन्धे को भी बिठानी होगी। कुछ इस तरह कि उसे मुन्नी की सुनना होगा और उसे मानना होगा। जैसे वह सुनता था अपनी माँ की और मानता था। जैसे वह सुनता था अपने अन्धे बाबू की और मानता था। बाबू सुनता था अपनी पत्नी की और मानता था। एक अन्धे को, आँखवाले की बात मनानी ही पड़ती है कि दिखने का प्रमाण उनके पास है। अन्धे के पास ना दिखने के प्रमाण होते हैं। प्रमाण होते हैं सुनने के और छूने के बस। कोई भी अन्धा पृथ्वी की समस्त ध्वनियों को सुन तो सकता है, अगर वे ध्वनियाँ उस तक पहुँच रही हैं। पर वस्तुएँ उसके आसपास हों, हों मनुष्य उसके आसपास कितने भी क़रीब, वह उन्हें छू नहीं सकता है। जब तक छूने का अधिकार न बनता हो। उसके पास अब तक अपनी माँ और बाबू को छूने का अधिकार रहा है। अधिकार रहा है अपने दोस्तों को छूने का। उन वस्तुओं को छूने का अधिकार रहा है जो उसके माँ या बाबू की हैं या हैं सार्वजनिक। जैसे यहाँ स्टेशन में बहुत कुछ सार्वजनिक है। पर सार्वजनिक के बाद भी मुश्किल यह कि एक अन्धा आदमी छूने के बाद ही यह तय कर पाता है कि उसे उस सार्वजनिक वस्तु को छूना था या नहीं। इस तरह ना छूने की चेतावनी वाली चीज़ों को छू लेने के ख़तरे के भीतर, एक अन्धा आदमी हमेशा रहता है और ग़लत चीज़ को छू लेने के झटके खाता रहता है।

छुटकू अन्धा शायद यही सब सोच रहा था। मुन्नी की माँ अब भी लगातार छुटकू अन्धे को कुछ बोलती जा रही थी। पर अब छुटकू अन्धे को यह सुनाई नहीं पड़ रहा था कि वह क्या कह रही है? क्या कह रही है माँ, यह मुन्नी को भी सुनाई नहीं पड़ रहा था कि उसने अभी-अभी झटका था, अपने भीतर का संशय और प्रेम में पूरी तरह गिर पड़ी थी।

अचानक मुन्नी उदास बैठे छुटकू अन्धे के पास गयी और उसकी बाँह पकड़ उसे उठने का इशारा किया। छुटकू जब उठ खड़ा हुआ तो मुन्नी ने उसके कान में कहा कि चल माँ का पैर पड़ ले, वह शान्त हो जायेगी। मुन्नी छुटकू अन्धे को माँ के पास ले आयी। कन्धे दबाकर उसे बैठने का इशारा किया। मुन्नी की माँ अब अन्धे के ठीक सामने थी। छुटकू अन्धा झुका और बैठी हुई माँ के पैरों पर अपना सिर रख दिया। कुछ क्षणों बाद ही मुन्नी की माँ को यह पता चल गया की अन्धा रो रहा है। माँ के पैरों पर अन्धे-आँसू थे। ऐसे आँसू जो उन आँखों से बाहर आये थे, जिन्हें कुछ नहीं दिख रहा था। बहे हुए आँसुओं को भी न माँ के पैर दिखे न माँ का चेहरा दिखा। छुटकू अन्धे ने जब अपना सिर उठाया तो अपने हाथों से माँ के पैरों पर बह गये अपने अन्धे आँसुओं को पोंछता हुआ उठा। अब उसका आँसुओं से भरा चेहरा सबको दिख रहा था, मुन्नी को...मुन्नी की माँ को...सूरज को...मन्दिर को...प्लेटफ़ॉर्म की एक-एक वस्तु को...एक-एक मनुष्य को जो सुबह-सुबह वहाँ जागते-से मौजूद थे। यह एक भली सुबह थी। यह छुटकू अन्धे के आँसुओं से धुली सुबह थी।

इस सुबह के ठीक सात दिन बाद वह सुबह आयी, जब मुन्नी की माँ, अपनी पहचान के सात साथी भिखारियों के साथ, मुन्नी को लेकर सुबह-सुबह स्टेशन के उस मन्दिर में खड़ी थी जो स्टेशन के निकासी गेट के पास था। साथ ज़्यादा लोग नहीं थे। क्योंकि वे भिखारी थे और शादी में शामिल होने के लिए, समय ख़राब करना पड़ता था। पड़ता था नहा-धोकर ठीक-ठाक तैयार होना। भीख का समय ख़राब करना पड़ता था। साफ़-सुथरा होने के बाद, फिर भिखारी लगने में भी समय लगता था। इसलिए साथी भिखारी ऐसी जगहों पर मौजूद होने से बचते थे–चाहे कितने भी अपने प्रिय साथी भिखारी की शादी हो। वहाँ पहले से मौजूद था छुटकू अन्धा। छुटकू अन्धे की तरफ़ से सिर्फ़ एक आदमी था–उसके बाबू का गँजेड़ी दोस्त, गँजेड़ी गोविन्द। अब वह और बूढ़ा हो चुका था और सामान उठाने के लिए, उन यात्रियों को देखता रहता था जो दोनों हाथ में आ जाने से बाहर, बस थोड़ा ज़्यादा सामान लेकर यात्रा कर रहे हों। इतना सामान, जिसे वह आसानी से उठा ले और उसे तकलीफ़ ना हो। भारी और अधिक सामानोंवाला कोई यात्री टकराता तो वह उसे दूसरे क़ुलियों को बेच देता था या उनके साथ उस यात्री का समान उठाकर, पैसा आपस में बाँट लेता था। तो बुढ़ापे में भी उसका काम ठीक-ठाक चल रहा था।

छुटकू अन्धा उन सातों को जानता था जो अपना भीख का समय दाँव पर लगाकर उसकी शादी के लिए खड़े थे–मुन्नी की माँ के साथ। वे सातों भी उसे जानते थे। चाहते थे उसे। उस पर दया करते थे। इसलिए वे सात भी छुटकू अन्धे की तरफ़ से भी थे, ऐसा माना जा सकता था। छुटकू अन्धे के बचपन का कोई दोस्त अब इस शादी में नहीं था। वे सारे के सारे इस स्टेशन को छोड़ कहीं और चले गये थे। कहाँ गये थे कोई नहीं जानता। क्यों गये थे कोई नहीं जानता था। ज़िन्दा थे कि मर गये थे। कोई नहीं जानता था। कोई नहीं जानता था, इसलिए छुटकू अन्धा भी नहीं जानता था। वे सब इस स्टेशन से अलग-अलग समय में चुपचाप निकल गये थे। अब बस वे ही जानते थे कि वे कहाँ है...हैं कैसे...हैं भी या नहीं। पर छुटकू अन्धे को अपनी शादी के समय उनकी याद आ रही थी और लग रहा था कि अचानक बचपन के उसके वे तीन दोस्त अभी आ खड़े होंगे, उसकी पीठ पर धौल जमाते और गले लगाते उसे।

अभी छुटकू अन्धा जो रेशम से दिखते कपड़े का सुनहरा कुर्ता-पैजामा पहना है, गँजेड़ी गोविन्द ही उसके लिए ख़रीद कर लाया है। यहाँ तक कि पगड़ी भी जो वह पहना है, गँजेड़ी गोविन्द ने ही ख़रीदी है। गँजेड़ी गोविन्द के आगे-पीछे अब कोई रह नहीं गया है। बच्चे उसके हुए नहीं। इसमें उसका दोष था या दोष था पत्नी का उसने कभी सोचा ही नहीं। पत्नी रही नहीं तो किराये का घर जो इस स्टेशन के पास, एक रेलवे ट्रेक के किनारे बसी अवैध बस्ती में था, उसे भी उसने छोड़ दिया। अब वह स्टेशन पर रहता है। स्टेशन पर सोता है। स्टेशन पर जागता है। अब उसका पेशा क़ुली और रहन-सहन भिखारी-सा है। पर यह भी सच है कि यह भिखारी-सा रहन-सहन, हमेशा उसे अपनी ओर खींचता रहा है। नहीं तो वह छुटकू अन्धे के पिता का दोस्त बनता कैसे...ठीक है कि एक भिखारी का जीवन बहुत औसत-जीवन रहता है। पर एक क़ुली का जीवन इस औसत भिखारी जीवन से थोड़ा ही ऊपर रहता है।

गँजेड़ी गोविन्द को छुटकू अन्धे के पिता का जीवन खींचता था। उस अन्धे आदमी के भीतर एक निर्लिप्त जीवन था। लगता था कि वह अन्धा आदमी कभी भी सब कुछ छोड़-छाड़ कहीं भी ग़ायब हो सकता है। ऐसी जगह जहाँ उसका मन करे। ऐसी जगह, जहाँ उसे कोई पहचानता न हो। यह गँजेड़ी गोविन्द को छुटकू अन्धे के पिता को लेकर लगता था। वह सबसे अधिक बातें उसी से कर पाता था तो ज़ाहिर है, उसके इस तरह लगने में दम था, पर सच यह भी था कि छुटकू अन्धे का बाप, कहीं भी कुछ छोड़-छाड़कर नहीं गया। जीवन भर स्टेशन पर ही रहा और स्टेशन पर ही मरा ट्रेन के नीचे। वह दृश्य बहुत भयावह था। अन्धे का शरीर तीन हिस्सों में बँट गया था। छुटकू अन्धे की माँ का शरीर साबुत था। उसके सिर पर चोट आयी थी। पटरियों पर गिरते पति को बचाने की कोशिश में उसका सिर, ट्रेन के डिब्बे

से टकरा गया था। लग रहा था कि वह सो रही है। उस शाम भी छुटकू अन्धे को गँजेड़ी गोविन्द ने ही सम्हाला था। उसे यह पता लगने नहीं दिया कि उसका बाप तीन टुकड़ों में बँट गया है।

छुटकू अन्धे की शादी, उसे अपने बेटे की शादी-सी लग रही है और वह बहुत ख़ुश है। ख़ुश है इतना कि अभी उसने किसी को बताया नहीं है कि उसने इन आठ-दस लोगों के लिए, दुपहर के भोज का इन्तजाम कैंटीन में कर रखा है। कैंटीनवाले ने यह ज़रूर उससे कहा कि तुमसे अपने रेट से कुछ पैसे कम ले लूँगा, पर तुम उन लोगों को कैंटीन में बैठाकर नहीं खिला सकते...मैं खाना पैक कर दे दूँगा... खण्डवाली डिस्पोजल थालियाँ भी दे दूँगा...जहाँ हमेशा वे लोग खाते है, वहाँ बैठ कर खा लेंगे...

गँजेड़ी गोविन्द ने सोचा कि चलो ठीक है, यह स्टेशन तो साला पूरा का पूरा भोजनालय और मूत्रालय ही है, कहीं भी खा लेंगे बैठकर। खाते ही हैं कहीं भी बैठकर। पटरियों से लेकर शौचालय तक कहीं भी। जहाँ ख़ाली कोना हो, जगह हो ख़ाली, वे खा सकते थे। तो इस तरह गँजेड़ी गोविन्द ने, छुटकू अन्धे की शादी के दोपहर-भोज का इन्तज़ाम किया था।

मन्दिर के पण्डित भी इस शादी के लिए, सिर्फ़ गँजेड़ी गोविन्द के कारण तैयार हुए थे। पण्डित, अब उम्रदराज़ थे। उनकी आँखों में, मोतियाबिन्द पक रहा था। कान, अब कम सुनते थे। उनका लड़का पूजा-पाठ में ध्यान देता नहीं था। पण्डित की मजबूरी थी कि वे मन्दिर से चिपके रहें। मन्दिर में अगर कोई दूसरा पुजारी आ गया तो परिवार का मन्दिर से क़ब्ज़ा हट जायेगा। एक बार उनके परिवार का क़ब्ज़ा हटा तो फिर मन्दिर में पूजा के लिए घुसना भी मुश्किल हो जायेगा। उन्हें उम्मीद थी कि उनका लड़का मन्दिर में पूजा-पाठ को, देर-सबेर गम्भीरता से लेगा और निकम्मा है तो इसी मन्दिर से जीवनयापन कर लेगा।

पण्डित का मोह जायज़ था, उन्होंने इस मन्दिर को अपने ख़ून-पसीने से सींचा था। जब वे उत्तर से यहाँ आये थे तो यहाँ इकतीस फ़ुट ऊँचा विशाल मन्दिर नहीं था। था बस एक बरगद का बड़ा होता पेड़, उसके नीचे चबूतरा छोटा-सा और चबूतरे पर सिन्दूर-रची एक आकृति थी, जिसे लोग हनुमान समझते थे। वे हनुमान ही थे। पण्डित जब आये थे। युवा थे। थे उत्साह से भरे हुए। मोटरी-पोटरी सहित चबूतरे पर ही टिक गये।

पण्डित अलस्सुबह से हनुमान जी की सेवा में लगे रहते। लोगों को सेवा में लगे

दिखते रहते। दिखना ज़रूरी था। चबूतरे के मन्दिर की ओर, लोग धीरे-धीरे खिंचने लगे। दक्षिणा आने लगी। भक्तों की बैठक लगने लगी। कुछ समय बाद, पण्डित जी को रात स्वप्न में, हनुमान जी दिखे और कहा उनसे कि यहाँ एक भव्य मन्दिर बनवाओ और मेरे साथ-साथ आदि ईश्वर शंकर को भी यहाँ स्थापित करो। वे भी इस चबूतरे पर आना चाहते हैं। आने से पहले चाहते हैं कि एक भव्य मन्दिर यहाँ बने। सुबह भक्तों को यह ख़बर लगी और कोशिश शुरू हो गयी। किसी के दिमाग़ में यह आया ही नहीं कि हनुमान जी ने शंकर को तो पण्डित जी के स्वप्न में बुला लिया था, पर अपने इष्टदेव राम को भूल गये थे। हो सकता है कि पण्डित जी को फिर कभी स्वप्न आये और हनुमान जी उन्हें राम की याद दिलायें।

समय लगा, पर लोगों में अथाह उत्साह दिखा। चन्दे की कई रसीदें छप गयीं। ईश्वर के इस चबूतरे और पण्डित जी से जुड़े भक्त, उन रसीदों को लेकर पूरे शहर में घूमने लगे। चन्दा आता गया। समृद्धि भी आती गयी। चबूतरे से गाँजे की ख़ुशबू आने लगी। प्रसाद की प्रचूरता इतनी हुई कि निर्माणाधीन मन्दिर का वह पुराना चबूतरा, भक्तों के लिए खाओ-पिओ और वहीं सोओ की जगह हो गया। मन्दिर के नाम पर उनके घर में उनकी अनुपस्थिति को कोई टोकता नहीं था। कोई टोकता नहीं था बाहर का आदमी भी, मन्दिर में उनकी उपस्थिति को जो ईश्वर के नाम पर थी।

शुरू से ही गँजेड़ी गोविन्द उन भक्तों में शामिल था जो शिव का प्रसाद मान, गाँजा-सेवन कर रहे थे। कर रहे थे, शिव का आशीर्वाद ग्रहण। गँजेड़ी गोविन्द की पण्डित जी के सामने, दूसरों से थोड़ी इज़्ज़त ज़्यादा थी कि अतीत में वह मुहर बाबा का शिष्य रह चुका था। मुहर बाबा इस स्टेशन से एक बार जो भागे तो कभी लौटकर नहीं आये। पर स्टेशन की हवा में, मुहर बाबा के क़िस्से तैरते ही रहते थे। इस तरह भक्त शिव के नाम पर चन्दा उगाह रहे थे। पड़े थे भक्त मन्दिर में, मन्दिर के लिए। पड़े थे भक्त अपने लिए मन्दिर में। भक्त पड़े थे मन्दिर के नाम पर।

गँजेड़ी गोविन्द उन दिनों स्टेशन पर यात्रियों से मन्दिर की रसीद काट रहा था। गँजेड़ी गोविन्द जानता था कि मन्दिर के नाम पर कैसे पैसा बरसता है। उसने हनुमान जी की छाया में, पण्डित की निरन्तर हो रही तरक़्क़ी को देखा था। देखा था कि कैसे चबूतरे पर एक छोटा मन्दिर बना...कि कैसे वह छोटा मन्दिर बड़ा होता गया...कि कैसे मन्दिर से लगकर, पुजारी का दो कमरों का निवास बना...कि किस तरह जैसे-जैसे मन्दिर की ऊँचाई बढ़ती गयी, पुजारी-निवास की भी ऊँचाई बढ़ती गयी...पुजारी ने यह नैतिकता ज़रूर दिखाई कि हनुमान जी और भगवान शंकर के मन्दिर से, उनके घर की ऊँचाई थोड़ी कम रहे...चाहे वह फुट-आधा फुट ही कम रहे...पर रहे कम!

मुन्नी, छुटकू अन्धा और बाक़ी जन, अभी मन्दिर के भीतर नहीं गये थे। मन्दिर के दरवाज़े पर ही थे। नीचे। मन्दिर की सीढ़ियों से नीचे। वह दरवाज़े पर इस तरह थे कि थे भी और नहीं भी थे। सीढ़ियों के नीचे, वे वहाँ खड़े थे, जहाँ मन्दिर के भिखारी बैठे थे–स्त्री और पुरुष। वे उनके पीछे खड़े, गँजेड़ी गोविन्द के उस इशारे की प्रतीक्षा कर रहे थे जो मन्दिर के भीतर उन्हें बुलाने वाली थी। मन्दिर के सामने बैठने वाले भिखारी, उन्हें देख हँस रहे थे। कुछ उठकर उनके पास आ गये थे, उनसे बतियाने। वे सब, एक-दूसरे को जानते थे और यह भी जानते थे कि वे ईश्वर के कितने भी क़रीब रहें, रहना उन्हें भिखारी ही है। मन्दिर के भिखारी, बिन बुलाये ही अपने को उनकी शादी का हिस्सा समझ रहे थे और ख़ुश थे। इसी बीच मुन्नी को लगा कि छुटकू अन्धे को मन्दिर के बारे में बताया जाये। बताया जाये कि जहाँ उसकी शादी हो रही है, वह जगह कितनी भव्य और सुन्दर है।

मुन्नी छुटकू अन्धे के कान फुसफुसाती-सी कहने लगी, "यह मन्दिर बहुत ऊँचा है...और ऊपर तक भगवान की मूर्तियों से सजा है...बहुत सुन्दर मूर्तियाँ हैं, जैसे जीवित हों...लगातार देखो इन्हें तो लगता है कि नीचे उतर आयेंगी हमारे पास... अगर तू उन्हें मेरे दूल्हे के रूप में पसन्द नहीं आयेगा तो नाराज़ होकर उड़ भी सकती हैं आसमान की ओर..." मुन्नी ने हँसते हुए कहा।

मन्दिर, नीचे से ऊपर तक, शिव, राम और हनुमान से जुड़ी कथाओं की मूर्तियों में सजा था। मूर्तियाँ रंगीन थीं तो जितनी जीवन्त लग रही थीं, उतनी ही नक़ली भी लग रही थीं कि वे चटक रंगों में थीं। यह अलग-अलग आदमी को अलग-अलग लग सकती थीं। मुन्नी के लिए, मुन्नी को जो लग रहा था, वही सही था। छुटकू अन्धे के लिए भी, मुन्नी को जो लग रहा था वही सही था। आख़िरकार मुन्नी अपने वर्णन से, छुटकू, अन्धे को मन्दिर की बाहरी भव्यता को पूरी तरह दिखा दिया था। अलबत्ता वह मूर्तियों में अंकित कथा का ठीक से बखान नहीं कर पायी थी, क्योंकि उसे उसका पूरा ज्ञान नहीं था। उसने मन ही मन यह सोचा कि इसके लिए, उसे गँजेड़ी गोविन्द की सहायता लेनी पड़ेगी, क्योंकि उसे इन मूर्तियों के भीतर छिपी कथा का पूरा ज्ञान था। वह चाह रही थी कि जहाँ उनकी शादी होने वाली है, उस जगह को छुटकू अन्धा पूरी गहराई से जाने और जीवन भर याद रखे।

बस गँजेड़ी गोविन्द भर मन्दिर के भीतर था। भीतर कुछ और भक्तों के साथ, बूढ़े पुजारी थे। ये जो भक्त थे, रोज़ के भक्त थे और पुजारी के लिए ज़रूरी थे। मन्दिर के अन्दर गँजेड़ी गोविन्द, पुजारी को इन भक्तों से निपटते देखता रहा। कुछ भक्त

पूजा-पाठ कर वही बैठ गये, मन्दिर की शान्ति में, कभी ईश्वर को निहारते और कभी आँख बन्द कर उसका मनन करते। गँजेड़ी गोविन्द जानता था कि जब तक भक्तों से मन्दिर ख़ाली नहीं होगा, मन्दिर में भिखारियों की शादी पण्डित करायेंगे नहीं। वह बेचैनी से मन्दिर में टिके भक्तों को देखता रहा। देखते-देखते लगभग दो घण्टे हो गये, मन्दिर ख़ाली नहीं हुआ। तब गँजेड़ी गोविन्द ने धैर्य खो दिया। खोया इस तरह कि उसका खोया हुआ धैर्य बहुत ही शालीन होकर उभरा। वह उठा और ईश्वर के पास, सबसे पहले बने छोटे मन्दिर के भीतर विराजमान पण्डित के क़रीब गया और अपना माथा उनके चरणों में रख दिया। कहा, महाराज दया करें...बच्चे बाहर खड़े-खड़े सूख जायेंगे...अपने माथे को चरणों में रखने के अलावा, गँजेड़ी गोविन्द ने पाँच सौ का एक नोट और पण्डित को दिखाते हुए, भगवान को अर्पित कर दिया। वह भी तब जबकि वह हज़ार रुपये तो पहले ही पण्डित को इस काम के लिए दे चुका था।

पण्डित ने कुछ नहीं कहा। जबकि वे कहना चाह रहे थे कि भिखारी के बच्चे मन्दिर के भीतर घुसते नहीं हैं...पर उन्होंने कहा नहीं। आज भिखारी के ये बच्चे ही उनके जजमान थे। जजमान से दक्षिणा पाने के लिए, जजमान का भी सम्मान रखना पड़ता है...

इसके बाद पण्डित छोटे मन्दिर से बाहर आये। भक्तों को कहा, "आज क्षमा करें...आज मन्दिर जल्द बन्द हो रहा है...एक आवश्यक विधान के लिए इसकी ज़रूरत है...एकान्त की आवश्यकता है...आप लोग शाम को पधारें या कल सुबह...क्षमा करें...!"

पण्डित का आग्रह भक्तों के लिए आदेश-सा ही था। मन्दिर तुरन्त ख़ाली हो गया। मन्दिर के भीतर बैठे, हनुमान मुस्कुराये। मुस्कुराये शिव भी, जो मन्दिर की विशालता में लिंग स्वरूप विराजमान थे।

पण्डित जी ने गँजेड़ी गोविन्द से कहा, "ले आओ उन्हें भीतर। भीतर आते-आते मन्दिर का दरवाज़ा भी बन्द करते आना..."

मन्दिर के भीतर जब, मुन्नी और मुन्नी की अम्मा के साथ आये भिखारी और छुटकू अन्धा घुस रहे थे तो मन्दिर के सामने बैठकर भीख माँगने वाले पाँच-छह भिखारी भी, उनके पीछे-पीछे मन्दिर के अन्दर घुसने लगे। उन्हें देख पण्डित चीख़े, "अरे हरामज़ादों, तुम लोग कैसे घुस रहे हो भीतर...मन्दिर को अपवित्र करने का इरादा है, सालों...गोविन्द लात मारकर बाहर कर इन्हें...नहीं तो यह शादी यहाँ नहीं होगी!"

दरअसल मुन्नी और मुन्नी की माँ के साथ जो भिखारी आये थे। उन्होंने आज के लिए पूरी तैयारी की थी। सुबह से उठे थे। नल के नीचे बैठ रगड़-रगड़ कर नहाये थे वे। पता नहीं कब से सुरक्षित और सहेज कर रखा, नया या नया-सा लग रहा कपड़ा पहन आये थे और अभी एक नज़र में, कोई उन्हें भिखारी नहीं मान सकता था। अलबत्ता ध्यान से देखो, उन तीन पुरुषों और चार स्त्रियों को, जो मुन्नी, मुन्नी की माँ और छुटकू अन्धे के साथ थे तो कोई भी यह समझ सकता था कि वे भी भिखारी ही हैं। उनके चेहरे पर एक जैसा भाव था। दयनीयता का भाव। एक चेहरे के वे सात लोग थे। मुन्नी, मुन्नी की माँ और छुटकू अन्धे के साथ, वे एक ही चेहरे के दस लोग थे। वे दस दयनीयता थे।

तो इस तरह स्टेशन के मन्दिर में, छुटकू अन्धे और मुन्नी की शादी हो गयी। शादी की तारीख़, वह थी जो आगे जाकर किसी को याद नहीं रहने वाली थी। आगे जाकर, शादी की इस तारीख़ को खोकर, मुन्नी और छुटकू अन्धा शादी के बीत गये बरसों का, अन्दाज़ लगाने वाले थे और बहस करने वाले थे। शादी के इतने बरस हो गये–छुटकू अन्धा कहने वाला था और उससे असहमत होकर, इतने बरस हो गये, मुन्नी कहने वाली थी। दोनों के कहे बरस, आपस में कभी नहीं मिलने वाले थे। यह सच था कि आगे के बरसों में, अपनी शादी के बरस जो मुन्नी गिनने वाली थी, वही सच्चे बरस थे। छुटकू अन्धा, उन्हें सही कभी नहीं गिनने वाला था। इस बात के गवाह मन्दिर में विराजमान, हनुमान और शंकर बनने वाले थे कि उन्हीं के सामने उन दोनों की शादी हुई थी और वे दोनों ही, इन दोनों की शादी के गवाह थे। शादी की सही तारीख़ भी हनुमान और शंकर को ही याद रहने वाली थी। इस याद रह गयी तारीख़ को छुटकू अन्धा और मुन्नी कभी भी पूछने, हनुमान और शंकर के पास नहीं आने वाले थे।

शादी के बाद दुपहर का भोज हुआ। कैंटीन से सब अपनी-अपनी डिस्पोजल थाली लेकर, अपनी-अपनी जगहों पर चले गये। अपने-अपने रहने या ठहरने के ठिकानों पर। जहाँ उनके बच्चे और बूढ़े भी थे और वे अपने बच्चों और बूढ़ों में थाली का स्वाद बाँट सकते थे। उस भिखारी के पास जो स्टेशन पर भीख माँग रहा हो, इस देश के सारे राज्यों के बासी स्वाद रहते हैं। ट्रेनें हर दिशा से आती हैं और हर दिशा का स्वाद लाती हैं। हर दिशा का बचा हुआ भोजन, स्टेशन के भिखारी तक ही आता है। ताज़ा खाना, कभी-कभी ही मिलता था पूरा। टुकड़ों-टुकड़ों में तो मिलता रहता था ताज़ा खाना तो बहुत कम, नास्ता ज़रूर मिलता रहता था ताज़ा। गरम समोसा, आलूगुण्डा, भजिया...और यह ठेलेवालों की दया पर मिलता था या मिलता था भीख

के पैसों से ख़रीदने पर। पूरा गरम खाना कोई कैंटीनवाला भिखारियों को कभी भीख में नहीं देता था। भिखारी भी पूरा खाना किसी कैंटीनवाले से नहीं ख़रीदते थे। एक तो वह महँगा पड़ता था और दूसरे जो भीख में मिला खाना रहता, उसे फेंकना पड़ता था। तो मुन्नी और छुटकू अन्धे की शादी में मिली यह स्पेशल थाली जिसमें, मिठाई, बूँदी का रायता, आठ पूड़ी, मटर पुलाव और तीन सब्ज़ियाँ थीं, जिसमें एक सब्ज़ी पनीर की भी थी, उसे वे सातों भिखारी, अकेले कैसे खा सकते थे। सातों ने एक-सा सोचा। सातों गये स्टेशन पर वहाँ-वहाँ, जहाँ-जहाँ उनके अपने थे और अपनों को मिले भीख के खाने के साथ, इस स्पेशल थाली को मिल-बाँटकर खाया।

मुन्नी, मुन्नी की माँ और छुटकू अन्धा ने, गँजेड़ी गोविन्द के साथ, सीढ़ी के नीचे, छुटकू अन्धे के ठिकाने पर बैठ कर, अपना खाना खाया। क्योंकि छुटकू अन्धे की सीढ़ी के नीचे बसी दुनिया, कैंटीन के क़रीब थी। मुन्नी और मुन्नी की माँ का ठिकाना, प्लेटफ़ॉर्म नम्बर छह में था। था दूर। वे सुबह से भूखे थे। उनकी थाली का स्वाद पाने के लिए, कोई बच्चा या बूढ़ा भी मुन्नी, मुन्नी की माँ और यहाँ तक कि गँजेड़ी गोविन्द के पास भी कोई नहीं था। कोई नहीं था उनके पास, जिसके लिए प्लेटफ़ॉर्म नम्बर छह या कहीं और जाना उनके लिए ज़रूरी हो। इस तरह छुटकू अन्धे की यह जगह, उनके सबसे अधिक क़रीब की अनुकूल जगह थी। समय दोपहर के अन्तिम छोर को छू रहा था। जब तक थाली का सब ख़त्म नहीं हो गया, उन लोगों ने एक-दूसरे की ओर सिर उठाकर नहीं देखा। गँजेड़ी गोविन्द को पता नहीं, यह क्यों लगा कि उनकी भूख, पेट के किसी कोने में, थोड़ी बची रह गयी है। उसने कहा कि एक थाली और ले आऊँ, थोड़ा-थोड़ा और ले लेंगे...इस पर मुन्नी, मुन्नी की माँ और छुटकू अन्धे की चुप-सहमति थी...

दोपहर के खाने के बाद, सब अपने-अपने काम में लग गये। मुन्नी और मुन्नी की माँ, स्टेशन के भीतर चले गये भीख माँगने। वैसे ही मुन्नी के ब्याह के चक्कर में आधा दिन ख़राब हो गया था। मुन्नी की माँ भीख के लिए, अपनी तय जगह पर बैठ गयी थी। मुन्नी, ट्रेन के भीतर बाहर होने के लिए तैयार थी। छुटकू अन्धा, सीढ़ी के नीचे बैठा, ढपली बजाने लगा था। अब मुन्नी और छुटकू अन्धे को देख, कोई यह अन्दाज़ नहीं लगा सकता था कि ठीक कुछ घण्टे पहले उनकी शादी हुई है। मुन्नी ने अपनी शादी की लाल साड़ी, ब्लाउज़ और पेटीकोट उतार, उन्हें अच्छे-से तह कर, अपने डेरे में रखी टीन की ज़ंग लगी उस पेटी में रख ताला जड़ दिया था, जो कभी उसकी माँ की थी और अब उसकी है। वह जो लाल जोड़ा अपनी शादी में पहनी

थी, वह भी उसकी माँ का ही था और अब उसका है। उसकी माँ ने उस जोड़े को अपनी शादी में एक बार पहना था और ठीक इसी पेटी में रखकर भूल गयी थी। बीस साल बाद मुन्नी ने माँ के पहने जोड़े को अपनी शादी में पहना है और अब पेटी में रख उसे भूल जायेगी। अगर उसकी लड़की हुई तो बरसों बाद यह लाल जोड़ा फिर निकलेगा पेटी से बाहर कि फिर उसकी शादी के बाद पेटी के भीतर जा सके। मुन्नी ने रंग उड़ी और गन्दी-सी दिख रही सलवार और क़मीज़ पहन ली थी और क़रीने से की गयी बालों की चोटी को बिखेर दिया था। छुटकू अन्धा भी अपने गन्दे-से क़मीज़-पैंट में आ गया था। उसकी क़मीज़ का कालर उधड़ा हुआ था। पतलून चीकट गन्दी थी और उसके पायचे उधड़ गये थे। क़मीज़ और पेंट ने अपना मूल रंग इस तरह खो दिया था कि मूल रंग का अन्दाज़ लगाना थोड़ा मुश्किल हो गया था। पर यही सही था। साफ़-सुथरापन भीख के लिए ज़हर था।

मुन्नी, छुटकू अन्धे के पास रात ठीक नौ बजे आयी। छह नम्बर प्लेटफ़ॉर्म से, एक नम्बर प्लेटफ़ॉर्म की बाहरी सीढ़ी तक। आते-आते रास्ते में, मुन्नी को कई अर्थपूर्ण और शरारती मुस्कानें मिलीं। ये वे मुस्कानें थीं जो उसे जानती थीं। जानती थीं कि आज उसकी शादी हुई है। उन मुस्कानों से मिल, वह कई बार शरमायी और कई बार झेप-सी गयी। साथ उसके और कोई था नहीं। माँ थक गयी थी तो वह छुटकू अन्धे को लेने आ नहीं सकती थी। गँजेड़ी गोविन्द, कहीं गाँजा पीकर पड़ गया था। तो बची थी वह और उसे ही आना था। उसका मन तो था कि वही छुटकू अन्धे को लेने आये। पर थोड़ी शर्म भी थी कि वही लेने आ गयी है। आ गयी है दुल्हन ही लेने। कोई और आ जाता तो शायद अच्छा रहता। वह शरारती मुस्कानों से बची रहती।

छुटकू अन्धा उकड़ूँ बैठा था। वह ऐसा बैठा था कि रोशनी से उसका आधा चेहरा चमक रहा था। आधा अँधेरे में भीगा हुआ था। जहाँ वह बैठा था, वहाँ रोशनी संकोच से आ रही थी। मुन्नी को उसे इस तरह सिर झुकाये बैठा देख, दया आयी। लगा कि यह आज भी अपने आप में कितना अकेला है, जबकि आज उसके अकेलेपन का अन्त है कि अब मुन्नी उसके साथ है। मुन्नी यह नहीं जानती थी कि एक अन्धे आदमी के पास, इतना गहरा अकेलापन रहता है, जिसमें किसी एक का साथ, अगर वह पत्नी है, उस गहरे को बस इतना हल्का कर पाता है कि लगे कि वह हल्का हो गया है। अस्थायी साथ और लोग जो एक अन्धे को रोज़ मिलते हैं, वे उसके अकेलेपन की गहराई को तनिक भी कम नहीं कर पाते हैं। यह ज़रूर है कि

अस्थायी साथ से भी अन्धे को कभी-कभी अकेलेपन की गहराई के कम होने का भ्रम होता है, पर वह भ्रम तुरन्त ही टूट भी जाता है।

मुन्नी, छुटकू अन्धे के सामने उकड़ूँ बैठ गयी। छुटकू अन्धा अपने अकेलेपन की गहराई में इस तरह डूबा हुआ था कि मुन्नी के आने की आहट नहीं पकड़ पाया। मुन्नी ने उसके घुटनों को छुआ तो वह मुन्नी के स्पर्श से मुन्नी को तुरन्त पहचान गया। वह मुस्कुराया। मुन्नी मुस्कुरायी जवाब में। जानती थी कि वह उसकी मुस्कुराहट को नहीं देख सकता है। पर इसलिए वह मुस्कुराना छोड़ नहीं सकती है जो छुटकू अन्धे को देख अनायास ही आ जाती है, उसके चेहरे पर। आती है बार-बार।

छूटकू-अन्धे ने सोचा था–वह और मुन्नी परदे का घेरा रच यहीं रह लेंगे। इन सीढ़ियों के नीचे जहाँ वह ढपली बजाते बैठा रहता है। सीढ़ी के नीचे एक तिकोनी घर जैसी जगह छुटकू अन्धे के पास तो थी ही। बस उस तिकोनी जगह को एक चादर से ढँकना था। ढँकना था इसलिए कि मुन्नी और अपने प्रेम को लोगों की नज़रों से बचाये रखना था। अपनी शर्म को बचाये रखना था लोगों की नज़रों से।

"यहाँ कहाँ रहेंगे...छह नम्बर में चलना है...नाले के पार झोंपड़ी है हमारी..." मुन्नी ने कहा।

छुटकू अन्धे ने जवाब में कुछ नहीं कहा। वह मुस्कुराया। उसकी मुस्कुराहट में थोड़ा असमंजस था। यह असमंजस वह था जो, बरसों से किसी जगह पर टीके रहने के बाद उसे छोड़ने पर होता हैं।

मुस्कुराहट के भीतर बैठे इस असमंजस को मुन्नी पहचान गयी, "चिन्ता मत कर...यह जगह तेरी ही रहेगी...काम तुझे यहीं करना है...रात सोना भर वहाँ है... सुबह फिर यहाँ आकार काम पर लग जाना...बस सुबह के लिए ज़रूरी सामान रख ले...बाक़ी सब समेटकर मोटरी बाँध दे...अच्छा जाने दे मैं ही करती हूँ...जल्दी हो जायेगा..." यह कहती मुन्नी सीढ़ी के नीचे, साढ़े पाँच फ़ुट की उस तिकोन जगह पर घुस गयी जो छुटकू अन्धे का अड्डा था, जिसे वह अब अपना घर ही समझता था। मुन्नी ने सुबह के लिए उसका सामान समेटा उस तिकोन से और समेटते हुए उस तिकोन को व्यवस्थित करती गयी। वह छुटकू अन्धे के रहने की उस तिकोन जगह को देखकर मुस्कुरायी। सच यह था कि वह छुटकू अन्धे के पास कब से आ रही थी, पर उसके रहने के इस तिकोन को उसने पहली बार ही ग़ौर से देखा था। यह भी देखा था कि आँख न होने के बावजूद छुटकू अन्धा अपनी जगह को साफ़-सुथरा रखता था। उस तिकोन में एक आधी घिस चुकी खराटा झाड़ू भी थी।

"चल हो गया..." मुन्नी ने उकड़ूँ बैठे छुटकू अन्धे को, अपने बायें हाथ

से उसकी कोहनी के ऊपर पकड़कर उठाते कहा। मुन्नी के दाहिने हाथ में एक पोलिथिन के थैले में, छुटकू अन्धे का सुबह के लिए, ज़रूरी सामान था। ज़रूरी सामान, जिसमें एक दातौन था, गुड़ाखू की छोटी डिब्बी थी, उसमें सुबह बदलने के लिए उसका एक जोड़ी कपड़ा भी मुन्नी ने रख लिया था। जिसे वह नहीं रखती तो भी चल सकता था। छुटकू अन्धा अभी जो कपड़ा पहना है, उसे कल सुबह भी पहन सकता था। कौन भिखारी रोज़ कपड़ा बदलता है...पहली बात तो इतने कपड़े होते नहीं हैं। मिल जायें और हो भी जायें तो रोज़ वे धोये नहीं जा सकते। बिना साबुन-सोडे के वे पानी में डूबाकर, बस निचोड़े जा सकते हैं। मुन्नी भी यह बात जानती है। पर आज उन दोनों की शादी हुई है और इसलिए वह थोड़ी अटपटी हो गयी है। इसलिए वह थोड़ा अटपटा सोच रही है। सच यही था कि भिखारी बिना साबुन के नहा लेते थे। बिना साबुन के धो लेते थे अपने कपड़े। साबुन कभी कोई भीख में देता नहीं था।

वे दोनों छह नम्बर प्लेटफ़ॉर्म पहुँचे। यहाँ से जाने में, मुन्नी को जितना समय लगा था, लौटने में उससे अधिक लगा। साथ छुटकू अन्धा था। अब मुन्नी को उन-उन जगहों पर, समय औसत से अधिक लगना है, जहाँ-जहाँ वह छुटकू अन्धे के साथ होगी। यह सच है कि छुटकू अन्धा इस स्टेशन पर ही पैदा हुआ है, इस स्टेशन के भीतर और बाहर की एक-एक सीढ़ी...एक-एक बेंच...एक-एक दुकान...यानी चलने में सामने आने वाली एक-एक बाधा से वह परिचित है...धोखा तब होता है जब स्टेशन में रखी चीज़ की जगह बदल दी जाती है या कोई नयी चीज़ आ जाती है...तो यह उसके लिए नयी बाधा होती है जिसे जानना पड़ता है...इसलिए स्टेशन में उसकी आवाजाही एक अन्धे की नयी जगह पर आवाजाही से ज़्यादा तेज़ है। पर फिर भी वह मुन्नी जितना तेज़ तो नहीं ही चल सकता है। उसके हाथ का डण्डा उसके आगे-आगे चलता है पृथ्वी को टटोलता। इस टटोलने में जो समय लगता है, यही वह समय है जो किसी आँखवाले मनुष्य को लगने वाले समय से ज़्यादा हो जाता है।

मुन्नी और छुटकू अन्धा, नाले पार से सटी झोंपड़ी में पहुँचे तो वहाँ मुन्नी की माँ के साथ झोंपड़ी के बाहर बैठा, गँजेड़ी गोविन्द भी मिल गया। मुन्नी को देख उसकी गाँजे से लाल आँखें मुस्कुरायीं। उसकी मुस्कुराहट पर मुन्नी फिर झेंप गयी। मुन्नी ने आसपास देखा। उन चारों के अलावा दूर-दूर तक कोई नहीं था। अब छह नम्बर प्लेटफ़ॉर्म पर कोई ट्रेन साढ़े दस तक आने वाली नहीं थी। वहाँ प्लेटफ़ॉर्म का सोया दृश्य था–सूना। प्लेटफ़ार्म के सोये दृश्य में ऊँघ रही थीं वे सारी वस्तुएँ जो प्लेटफ़ॉर्म पर थी। ऊँघ रहे थे इक्का-दुक्का लोग यहाँ-वहाँ बैठे, ट्रेन की प्रतीक्षा में।

झोंपड़ी से सटा नाला जग रहा था। नाले में बहते गन्दे पानी की आहट थी। थी गन्ध भी पानी के साथ बहती हुई। इस गन्ध की मुन्नी और मुन्नी की माँ आदी थीं और उन्हें नहीं आती थी यह गन्ध। यह गन्ध बस छुटकू अन्धे को आ रही थी, एक नयी गन्ध की तरह, पर इसमें उसके लिए ऐसा कुछ नहीं था जो असहनीय हो। गँजेड़ी गोविन्द इस स्टेशन की सारी गन्धों से ना जाने कब का ऊपर हो गया था। उसे सिर्फ़ मनुष्यता की गन्ध आती थी और कोई गन्ध आती नहीं थी। इस गन्ध को सुगन्ध भी कह सकते हैं जो गँजेड़ी गोविन्द को आती थी।

"तुम दोनों भीतर जाओ...हम यहाँ बैठे हैं...खाना रखा है...खा लेना!" मुन्नी की माँ ने मुन्नी से कहा और यह कहते हुए वह गँजेड़ी गोविन्द की ओर देखकर मुस्कुरायी। असल में था यह कि मुन्नी की माँ को जाने कब से यह लगता रहा है कि गँजेड़ी गोविन्द का छुटकू अन्धे की माँ से चक्कर रहा है। गँजेड़ी गोविन्द के पास भी, छुटकू अन्धे की तरह ही घुँघराले बाल और गोरा रंग है, जबकि न छुटकू अन्धे की माँ गोरी थी, न उसका बाप गोरा था...तो यह कैसे गोरा हो गया...और यह गँजेड़ी हमेशा उसके अन्धे पिता के पास घुसा बैठा रहता था। घुसा रहता था उस जगह पर जो उसकी माँ के आसपास रहती थी। मुन्नी की माँ को सन्देह था, पक्का कुछ था नहीं। था भी तो यहाँ स्टेशन की दुनिया में यह बहुत सहज था। यहाँ ऐसा बहुत कुछ घटता रहता है, जिसकी आप ज़्यादा परवाह करो तो जीना दूभर हो जाये।

झोंपड़े में कोई दरवाज़ा नहीं था। टाट का एक पर्दा लटका हुआ था, जो तेज़ हवा और स्टेशन में बिना रुके, स्टेशन से तेज़ी से गुज़रती राजधानी एक्स्प्रेस के कारण उड़ने लगता था तो भीतर का बाहर दिखने लगता था। उन दोनों के झोंपड़े के भीतर जाने के बाद, मुन्नी की माँ उठी और टाट के पर्दे के नीचे के दोनों छोरों पर, उन दो बड़े पत्थरों को रख दिया, जिस पर अभी वह और गँजेड़ी गोविन्द बैठे हुए थे। जो इसी काम के लिए थे और पर्दे पर नहीं रखे जाते तो बैठने के काम आते थे। अब पर्दा हवा से उड़ नहीं सकता था। राजधानी एक्सप्रेस आज थी नहीं। होती तो वह भी पर्दे को उड़ा नहीं सकती थी।

कमरे के भीतर बिजली नहीं थी। एक लालटेन थी। यह पीला और मद्धिम उजाला सिर्फ़ मुन्नी के लिए था। छुटकू अन्धे के लिए तो भीतर भी अँधेरा था, था बाहर भी अँधेरा। जैसे जो अभी लालटेन का उजाला है बाहर, है वह छुटकू अन्धे के लिए अँधेरा। मुन्नी की बाँह अब भी छुटकू अन्धे की कोहनी को पकड़े हुए थी। झोंपड़ी के भीतर घुसने से पहले, दरवाज़े पर पड़ा टाट का पर्दा हटा, मुन्नी ने उसका सिर दरवाज़े के लिए झुकाया था। टाटा का पर्दा ही उस दरवाज़े का पल्ला था। दरवाज़ा ऊँचाई में इतना कम था कि ज़रूरत से थोड़ा ज़्यादा झुककर ही, उससे कमरे के भीतर जाया जा सकता था।

यह छुटकू अन्धे के लिए नयी जगह थी। इस जगह का उसे अन्दाज़ नहीं था। यहाँ वह पूरी तरह मुन्नी पर ही निर्भर था। वह अँधेरे से आया था। उसे अँधेरे में रहना था। और अँधेरा लिये-लिये ही चले जाना था। अब नया यह था कि इस अँधेरे में मुन्नी का साथ था और मुन्नी की आँखें थीं।

झोंपड़ी का बिखरापन एक बड़ी-सी मोटरी में बन्धा, कोने में टीन की उस छोटी-सी पेटी के ऊपर रखा था, जिसके भीतर मुन्नी का लाल जोड़ा तह कर रखा हुआ था। यह कोना उस कोने के ठीक बग़ल का कोना था, जिस कोने में चूल्हा था और चूल्हे के पास ही प्लास्टिक के दो-चार छोटे डब्बे रखे थे। जिसमें खाने की कच्ची सामग्री थी। चूल्हा जलता बहुत कम था। स्टेशन में खाने का पका-पकाया सामान आसानी से, भीख में मिल जाता था। इसलिए चूल्हा अपने जलने का इन्तज़ार करता पड़ा रहता था। खाने की सामग्रियाँ, अपने पकाने का इन्तज़ार करती पड़ी रहती थीं।

झोंपड़ी साफ़-सुथरी लग रही थी। यह इन्तजाम मुन्नी की माँ ने छुटकू अन्धे के लिए किया था। यह करते हुए वह भूली हुई थी कि वह अन्धा है। झोंपड़ी की दीवारें, यहाँ-वहाँ से बीने गये टीन के टुकड़ों से बनी थीं और बँधी थीं आपस में किसी तरह, इसलिए बहुत ऊँची नहीं थीं। यहाँ तक की मनुष्य के क़द जितनी भी नहीं थीं ऊँची। इसलिए जैसे ही छुटकू अन्धा और मुन्नी भीतर आये। मुन्नी ने छुटकू अन्धे को कथड़ी पर बैठा दिया जो माँ ने उन दोनों की लिए बिछाकर रखा था और जिसमें एक चीकट तकिया पड़ा था, जिसमें मुन्नी की माँ के बालों के तेल की तेज़ गन्ध बसी हुई थी। यह तकिया मुन्नी की माँ ही लगा रही थी। मुन्नी अपनी बाँह का तकिया लगाकर सोती थी। कथड़ी से सटी दीवार पर, एक कलेंडर रस्सी से बँधा लटक रहा था, जिसमें राम, सीता और लक्ष्मण थे। मुन्नी ने घुसते ही उनके सामने हाथ जोड़ा। फिर अपने अन्धे पति की ओर देखा जिसकी पीठ उस कलेंडर की तरफ़ थी। उसका मन हुआ कि छुटकू अन्धे को भी उठाये और हाथ जोड़ने को कहे, पर उसे लगा कि बेचारे अन्धे को क्यों परेशान करे...उसने उसकी ओर से भी, राम-सीता-लक्ष्मण के सामने दूसरी बार हाथ जोड़ दिये।

छुटकू अन्धा चुप्पी में बैठा रहा, जैसे उसे कुछ समझ नहीं आ रहा है कि क्या कहे और क्या करे? उसे सब नया लग रहा था। यह जगह। जगह से आती अजीब-सी गन्ध, जिसमें ईश्वर के सामने जल रही अगरबत्ती से उठ रही मोंगरे की ख़ुशबू भी शामिल थी। इस जगह पर, मुन्नी के साथ एकान्त उपस्थिति। उसे अपने भीतर फैला अँधेरा भी अजीब-सा लग रहा था।

मुन्नी अब भी आधी झुकी-सी खड़ी थी। राम, सीता, लक्ष्मण उसे झुका-सा देख रहे थे और चाहकर झोंपड़ी के घास-पूस की छत को भी इतना ऊँचा नहीं कर

पा रहे थे कि उन्हें प्रणाम करने मुन्नी उनके सामने सीधी खड़ी हो सके। मुन्नी खड़ी रही वैसे ही थोड़ी देर। फिर एक बार और राम-सीता-लक्ष्मण को प्रणाम किया और छुटकू अन्धे के पास आकर बैठ गयी।

थोड़ी देर बैठी रही वैसे ही। वह इन्तज़ार कर रही थी छुटकू अन्धे की छुअन की। वह उसके और क़रीब खिसकी। अब उसकी दाहिनी बाँह, छुटकू अन्धे की बायीं बाँह से सटी हुई थी। मुन्नी ने अपनी बाँह में अजीब-सी थरथराहट महसूस की। सोचा कि क्या अन्धा भी ठीक वैसा ही महसूस कर पा रहा होगा? पर छुटकू अन्धा अब भी वैसा ही बैठा था बिना किसी हरकत के कि जैसे वह किसी और दुनिया में चला गया हो और यहाँ हो ही नहीं। मुन्नी के पास होते हुए भी मुन्नी से दूर। मुन्नी उसकी ओर मुड़ी और उसकी बाँह पर चिकोटी की। तुरन्त असर हुआ। चीख़ा वह, क्या कर रही है? और तुरन्त मुन्नी की दुनिया में वापस आ गया। मुन्नी को बाद में जाकर यह पता चलेगा कि छुटकू अन्धा कभी-कभी उस दुनिया से ग़ायब हो जाता है, जो दुनिया उसके आसपास रहती है। आज का ग़ायब होना उसका, मुन्नी के सामने पहली बार ग़ायब होना था। मुन्नी के अब वह सामने था। मुन्नी ने मन ही मन अपने से कहा--यहाँ शरम करने से कुछ नहीं होगा! जो करना है तुझे ही करना पड़ेगा मुन्नी! यह अन्धा, भोंदू बसन्त है!

मुन्नी ने उसे सुख दिया। वह सुख जो अन्धे को इससे पहले कभी नहीं मिला था। स्त्री-सुख। मुन्नी ने उसके घुँघराले बालों को सहलाया। उसका माथा चूमा। चूमा उसकी पलकों को, जिनके नीचे गहन अँधेरा था। मुन्नी उसकी पलकों को चूमती रही बारी-बारी, जैसे पलकों के नीचे के अँधेरे को सोखना चाह रही हो, अपने ओठों से। बहुत देर बाद छुटकू अन्धे की पलकों से नीचे उतरे मुन्नी के ओठ। उतरे सीधे उसकी ठुड्डी पर। फिर उसके कान की लौओं पर उतरे बारी-बारी। कान की लौओं को अपने दाँतों से दबाया हौले से बारी-बारी। फिर उसके दोनों कन्धों पर गड़े मुन्नी के दाँत बारी-बारी। करेंट दौड़ गया छुटकू अन्धे के भीतर। करेंट फिर बाहर निकला ही नहीं। नाचता रहा उसकी देह में लगातार। मुन्नी चूम रही थी उसकी देह को पोर-पोर में। पोर–पोर, स्पर्श कर रही थी उसकी देह का अपने ओठों से, अपने हाथों से। जहाँ फिसल रही थी मुन्नी की हथेलियाँ उसकी देह पर, देह से कपड़े ग़ायब हो रहे थे। जहाँ-जहाँ चूम रही थी–मुन्नी उसकी देह को, वहाँ-वहाँ खिल रहे थे फूल, छुटकू अन्धे की देह में और उठ रही थी फूलों की सुगन्ध। खिल रहे थे बस तीन तरह के फूल, गुलाब, गेंदा और मोंगरा। उठ रही थी बस तीन तरह की सुगन्ध। सुगन्ध गुलाब, गेंदे और मोंगरे की कि छुटकू अन्धे के पास अब तक, इन तीन फूलों का ही स्पर्श था और थी गन्ध और था नाम सुना हुआ। महमहाने लगा था अब सब कुछ। सबसे अन्त में, मुन्नी ने चूमे उसके ओठ और चूमती चली गयी।

कब छुटकू अन्धा मुन्नी के ओठों को चूमने लगा, उसे पता ही नहीं चला। फिर वह चूमता चला गया। फिर उसने मुन्नी की गरदन को चूमा। चूमा फिर उसके कन्धे को। वह अपने ओठों से और हथेलियों से मुन्नी की देह को देखने लगा, ठीक वैसे ही, जैसे कुछ क्षण पहले मुन्नी अपने ओठों और हथेलियों से देख रही थी उसकी देह। मुन्नी अपनी देह से कपड़ों की उन बाधाओं को हटाती गयी जो छुटकू अन्धे के ओठों और हथेलियों के स्पर्श के बीच आ रही थीं...मुन्नी की देह में अब खिल रहे थे फूल और उठ रही थी फूलों की महक़। मुन्नी की देह में खिले, किसिम-किसिम के फूल। किसिम-किसिम के फूलों से, उठी किसिम-किसिम की महक़ कि मुन्नी की आँखों ने देखा था किसिम-किसिम के फूलों को।

अध्याय-छह

विषाणुओं को देखना

अब छुट्टकू अन्धा, मुन्नी और मुन्नी की माँ के साथ रहने लगा था। अलस्सुबह, मुन्नी उसे एक नम्बर प्लेटफ़ॉर्म पर, उसकी सीढ़ी के पास छोड़ आती थी। फिर बीच-बीच में उसे देखने चली जाती। जाती इसलिए कि उसे लगता कि अन्धे को कोई-न-कोई ज़रूरत हो सकती है। और छुटकू अन्धे को उस बीच, जितनी भीख मिली रहती, वह उसे भी समेट लेती। वह अन्धा था और मुन्नी को यह ज़रूरी लगता था कि उनके पैसे सुरक्षित रहें। किसी हरामी के पिल्ले द्वारा लूट न लिये जायें। वह जानती थी कि स्टेशन हरामी के पिल्लों से भरा हुआ है। मुन्नी भीतर प्लेटफ़ॉर्म पर भीख माँगती रहती। ट्रेन से ख़ाली होते ही अन्धे के पास आती। अन्धे की ज़रूरतों को पूछती और उसका इन्तज़ाम करती। पूछती कि वह खाने को कुछ पाया है या नहीं। नहीं पाया रहता तो अपने मिले खाने को दे आती। पाया रहता अगर वह खाने में कुछ तो अपने और उसके पाये हुए खाने को मिला कर, वह बाँट देती तीन हिस्सों में। एक हिस्सा छुटकू अन्धे का, एक मुन्नी का और एक मुन्नी की माँ का। इस तरह मिले हुए खाने की विविधता तीन लोगों में बँटती। बँटता मिले हुए का खाने का स्वाद तीन लोगों में। इस तरह मुन्नी की आवाजाही, दिन भर स्टेशन के मुहाने से शुरू होकर, स्टेशन के अन्तिम प्लेटफ़ॉर्म तक बनी रहती। विशेषकर मेन प्लेटफ़ॉर्म पर बनी वह सीढ़ी, जिसके नीचे से छुटकू अन्धे की ढपली की आवाज़ लगभग लगातार आती रहती, इस आवाजाही का केन्द्र रहता था।

मुन्नी का समय इसी आवाजाही में कटता गया। कटता गया आवाजाही से बाहर का समय, रात्रि में उस झोंपड़े में चुपचाप। झोंपड़े में, अब कभी-कभी छुटकू अन्धे के ओठों और हथेली के स्पर्शों के बीच काँपती अपनी देह में चुपचाप। जो शुरू में उत्तेजना से भरा रोज़-रोज़ था। वह अब कभी-कभी हो गया था। यही होता था। और यही उनके साथ भी हुआ था। उतेजना-भरा रोज़-रोज़ का परिणाम एक बेटी के रूप में, मुन्नी और छुटकू अन्धे को मिल चुका था। शादी के एक साल के भीतर

ही, उनकी बेटी हो गयी थी। जिसके बाल छुटकू अन्धे की तरह ही घुँघराले थे। था जिसका रंग छुटकू अन्धे की तरह ही गोरा। जिसका चेहरा छुटकू अन्धे और मुन्नी के चेहरे का आधा-आधा ले आया था। आधा माँ का चेहरा और आधा पिता का। पिता की तरह बाल थे, भौंहें थीं। था माथा और नाक भी थी पिता की तरह। माँ की तरह ठुड्डी थी, ओठ थे और आँखें थीं। उसके कान भी अपनी माँ की तरह ही थे। सबसे अच्छी बात और सबसे ख़ुशी की बात यह थी कि उस बच्ची के पास, अपनी माँ मुन्नी की तरह जो आँखें थीं चंचल और पनियाली, वे दुनिया को देख सकती थीं। वे उसके पिता छुटकू अन्धे की तरह नहीं थीं। उन आँखों के पास पृथ्वी के सारे रंग थे। सारे दृश्य थे। जिन्हें वह अपने अन्धे पिता को तुतलाकर बताने लगी थी। वह अपनी कम उम्र में ही यह समझ गयी थी कि उसके अन्धे पिता की आँखें देख नहीं पाती हैं...बच्चे चीज़ों को जितनी जल्दी पकड़ते हैं, कई बार इतनी तेज़ी से बड़े भी पकड़ नहीं पाते हैं...वह पैदा होते ही अपने अन्धे पिता की हथेली के स्पर्शों और अपने माथे पर उगे उन चुम्बनों के नीचे रही है, जिसके आसपास से, पिता के बूँद-दो-बूँद आँसू, उसके चेहरे पर टपकते रहे हैं जो उस दुःख को कहते रहे हैं जो सिर्फ़ एक अन्धे पिता के पास होता है, अपने बच्चे को ना देख पाने का दुःख...

वह बच्ची भी, अब स्टेशन के बच्चों के साथ भटकने लगी थी। भीख माँगते भटकती रहती। यह स्टेशन भी ऐसे बच्चों से भरा हुआ था। इनमें कुछ के ही माँ-बाप थे। थे जैसे मुन्नी के माँ-बाप। थे जैसे छोटू अंधे के माँ-बाप। थे जैसे मुन्नी और छोटू अंधा अपनी बच्ची के माँ-बाप। बाक़ी तो जाने कितने लावारिश थे। पता नहीं किस स्टेशन से आये थे और इस स्टेशन पर उतर गये थे। ठहर गये थे इस स्टेशन पर। कब तक ठहरे रहेंगे, कोई बता नहीं सकता था। वे कभी भी, किसी भी ट्रेन में बैठ, कहीं किसी और स्टेशन पर, उतरने के लिए निकल सकते थे। ग़ायब हो सकते थे वे कभी भी। कभी भी वे ग़ायब किये जा सकते थे। वे ग़ायब कर दिये जाते थे और किसी को कुछ पता नहीं चलता था। लगता था कि उन्होंने अपने को ख़ुद ग़ायब कर दिया है। चले गये हैं ख़ुद अपने आप। किसी ट्रेन में बैठ, किसी स्टेशन पर उतरने। पर मुश्किल यह थी कि यह पूरा सच नहीं था। इसका पूरा सच बहुत भयावह था... वे भीख माँगने के लिए अपंग बना दिये जाते थे...वे वेश्यावृति में धकेल दिये जाते थे...उनके अंग निकालकर बेच दिये जाते थे, उन्हें जो अपने जीवन के लिए उन अंगों को मनमाने दाम पर ख़रीद सकते थे...

जिन बच्चों के माँ-बाप थे, भले ही भिखारी थे, पर रहती थी चिन्ता उन्हें अपने बच्चों की बहुत। बहुत सावधानी बरतनी पड़ती थी उन्हें। समझाना पड़ता था अपने नन्हे बच्चों को कि लावारिश डोलते बच्चों के साथ, किसी ट्रेन में बैठकर, कहीं न

निकलें। निकलें नहीं, प्लेटफ़ॉर्म से कहीं बाहर। प्लेटफ़ॉर्म पर ही भीख माँगें। किसी अजनबी की चिकनी-चुपड़ी बात पर न आयें। वैसे भी भिखारी बच्चे, सामान्य बच्चों से बहुत ज़्यादा समझदार और चालाक होते हैं। उनके पास जितनी होती है उम्र, उस उम्र से वे बड़े होते हैं। पैदा होते ही मिला कठिन जीवन, जिसमें सिर्फ़ भटकना और भटकना है बस, उन्हें ऐसा बना देता है कि वे सबकुछ ग़ौर से देखें और सब पर सन्देह करें। वे लोगों और वस्तुओं को ग़ौर से देखते और उन पर सन्देह करते बड़े होते हैं। पर फिर भी ख़तरा रहता तो है उनके ग़ायब होने का। बहुत ज़्यादा न हो तो भी रहता तो है। एक बार बच्चा ग़ायब हुआ तो आमतौर पर वह फिर कभी नहीं मिलता है। पर कितनी भी सावधानी बरतो, बच्चे, बच्चे होते हैं। उन्हें जो नया खींचता है, उधर वे भागते हैं। भिखारी बच्चे, सामान्य बच्चों से भले ही चालाक हों। हों समझ में अपनी उम्र से बड़े। फिर भी वे बच्चे ही हैं। उन्हें ललचाना और बरगलाना किसी बड़े के लिए इतना भी कठिन नहीं होता कि वह किया ही ना जा सके। इस तरह उन लावारिश बच्चों के साथ, इस स्टेशन से भिखारियों के बच्चे भी ग़ायब होते रहते थे।

मुन्नी को अपनी बेटी की बहुत चिन्ता रहती थी। भिखारी बच्चों के साथ भटकती बच्ची को देख, डरती थी वह कि बेटी कभी भी ग़ायब हो जायेगी तो वह क्या करेगी। तो उसने एक रास्ता निकाला कि जब तक वह स्टेशन के अन्दर भीख माँगे, बेटी अपने पिता के पास रहे, सीढ़ियों के नीचे। क्योंकि छुटकू अन्धा बैठ कर भीख माँगता था। यही काम मुन्नी ट्रेन के पीछे दौड़ते-भागते करती थी। इस तरह बेटी के लिए सुरक्षित स्थायी जगह, छुटकू अन्धे के पास बनती थी। उसकी न देख पाती आँखों के अन्धकार के घेरे में, जिसका ध्वनि विस्तार अनन्त तक था। इस तरह सुरक्षित जगह का विस्तार भी अनन्त तक हो जाता था। छुटकू अन्धे की बेटी अन्धकार के उस अनन्त विस्तार में दिन भर खेलती रहती। छुटकू अन्धा अपने अन्धकार से, जब-तब उसे आवाज़ देता और उसकी उपस्थिति को खँगालता रहता। कभी-कभी बेटी नन्ही बदमाशी में, उसकी पुकार का जवाब देने के बजाय, उसकी ओर देख मुस्कुराती रहती। बेटी की आवाज़ नहीं मिलने पर, वह बेचैन हो जाता। ढपली हाथ से छूट जाती। वह अपनी जगह खड़ा हो जाता और लगातार बेटी को पुकारने लगता। तभी अचानक बेटी दौड़ती आती और उसके पैरों से लिपट जाती। वह लपककर उसे गोद में उठा लेता और बेटी को इस तरह बदहवास प्यार करने लगता जैसे उसने, उसे अभी-अभी खोकर पाया हो।

इस तरह बेटी जैसे-जैसे बढ़ती गयी। बढ़ती गयी वैसे-वैसे छुटकू अन्धे और मुन्नी की उम्र। उनके तीन बच्चे और हुए, पर कोई बचा नहीं। पैदा हुए और इतने कमज़ोर थे कि एक-दो माह में ही नहीं रहा कोई। मुन्नी अपने मृत बच्चों के लिए

तीन बार रोई, जैसे अपनी तीन तकलीफ़ों को रो रही हो। फिर उन्हें भूल गयी, जैसे तीन तकलीफ़ों को भूल गयी हो। उनके पास कठिन जीवन था। कठिन जीवन कुछ बातों को भुला देने पर थोड़ा-सा आसान हो जाता है।

मुन्नी अपनी माँ की मृत्यु को भी अब भूल चुकी थी जो उसकी छुटकू अन्धे से शादी के तीन साल बाद नहीं रही। सुबह हुई, पर वह उठी ही नहीं। तब मुन्नी को पता चला था कि झोंपड़े में उस रात वह अपनी मरी माँ और छुटकू अन्धे के बीच, अपनी बेटी को लेकर सो रही थी। रात के किस पहर माँ मर गयी, उसे पता ही नहीं चला। दिन-रात खाँसने-थूकने वाली माँ, जब मरी तो अपनी खाँसी की एक आवाज़ से भी, उसे पुकारती नहीं गयी। गयी चुपचाप। जैसे उसके, उसके पति और बच्ची की नींद को सहेजते चली गयी हो। गयी वह और अब उसे देर रात तक मुन्नी और छुटकू अन्धे के प्रेम के लिए, झोंपड़ी के दरवाज़े पर बैठना नहीं पड़ेगा। गयी वह और अब उसे दरवाज़े पर लटके, टाट के परदे के कोनों पर पत्थर रख, सहते हुए ठण्ड, बारिश, गर्मी, रात में बाहर प्रतीक्षा नहीं करनी पड़ेगी अपनी नींद की। गयी वह और अब उसे काँखते-खाँसते भीख नहीं माँगनी पड़ेगी, लोगों की दुत्कार और घृणा को झेलते हुए। गयी वह और अब उसे अपने अतीत के जीवन में थोड़े से पैसों के लालच में, सोना नहीं पड़ेगा किसी के साथ स्टेशन के किसी अँधेरे कोने में और मरे हुए बच्चे पैदा नहीं करना पड़ेगा। गयी वह और अब उसे कोई बच्चा एकाध मुन्नी-सा जीवित रह जाता है तो उसके बाप का चेहरा या नाम नहीं सोचना पड़ेगा कि जिसके कारण वह बच्चा हुआ, उसका नाम तो कभी रहा और कभी रहा ही नहीं उसके पास। गयी वह और गयी मुन्नी और छुटकू अन्धे के प्रेम को एकान्त की एक घनी जगह सौंपती गयी कि बीच प्रेम में मुन्नी को ठण्ड, बारिश, गर्मी में बाहर बैठी अपनी माँ की याद आ जाती थी और खट से कुछ गिर जाता था उसके और छुटकू अन्धे के प्रेम में।

अब छुटकू अन्धे के बाल पकने लगे थे। पकने लगे थे मुन्नी के बाल भी। अब उनकी बेटी एक सरकारी स्कूल में पढ़ने लगी थी। यह अचानक हुआ था। एक एनजीओ की मदद से, जिसने स्टेशन में भटकते बच्चों को व्यवस्थित करने की कोशिश की थी। जब मुन्नी की बेटी बस पाँच साल की थी, इस एनजीओ की मदद से स्कूल पहुँच गयी। बाद में उस एनजीओ की यह कोशिश आधी-अधूरी ही सिद्ध हुई। ज़्यादातर बच्चे स्कूलों में टिके ही नहीं। भाग आये। फिर स्टेशन पर भीख माँगने लगे। आवारा बच्चे, जिनके माँ या बाप नहीं थे और जो अनाथालय में रखे गये थे, वे अनाथालय से स्टेशन की ओर भागे और जो पहली ट्रेन मिली उसमें बैठ, किसी

और स्टेशन के लिए निकल गये कि इस स्टेशन पर तो पकड़े जाने का भय था।

मुन्नी की बेटी पढ़ती रही, क्योंकि मुन्नी चाहती थी कि वह पढ़ती रहे। ज़्यादातर भिखारी माँ-बापों को अपने बच्चों के पढ़ने-लिखने में कोई दिलचस्पी नहीं थी। उनके लिए एक तरह से यह जीवन और समय को ख़राब करने की तरह ही था। स्कूल घण्टों लेता था। बच्चे घण्टों भीख नहीं माँग पाते थे। स्कूल में बच्चों को मध्याह्न भोजन तो मिलता था, पर भोजन तो स्टेशन पर भी वे पा लेते थे। ज़ाहिर था कि स्कूल में मिलने वाले मध्याह्न भोजन से, स्टेशन पर भीख में मिलने वाला खाना हमेशा बेहतर रहता था। बेहतर रहता था बासी होने के बावजूद। यही सच था। यह ऐसा सच था जो भिखारी बच्चों को स्कूल से हमेशा दूर कर देता था। जिनके माँ-बाप चाहते थे कि वे स्कूल जायें, उन्हीं के बच्चे स्कूल में टिके रह पाते थे। और भिखारी माँ-बाप यह चाहते बहुत कम थे कि उनके बच्चे स्कूल जायें। इस तरह उस एनजीओ की बहुत कोशिशों के बाद भी इस स्टेशन से बस मुन्नी की बेटी भर स्कूल में बची रही। बाक़ी बच्चे कहीं ग़ायब हो गये स्कूल से ही या फिर स्टेशन पर भीख माँगने लगे। स्टेशन पर भीख माँगते इन बच्चों को, जब कभी कोई एनजीओ का आदमी दिखता तो ये बच्चे स्टेशन से पता नहीं कहाँ, अदृश्य हो जाते थे!

इस स्टेशन पर मुन्नी जैसी अकेली माँ, मुन्नी ही थी। जब उसकी बेटी स्कूल ड्रेस पहनकर स्टेशन से जाती स्कूल और स्कूल से आती तो भिखारियों और उनके बच्चों को शुरू-शुरू में अजीब लगती। वे उसे देख हँसते जैसे वह कोई जोकर हो। वे उसे चिढ़ाते। बेटी चुप रहती। उसे स्कूल जाना अच्छा लगता था। वह जाती रही। समय लगा, पर भिखारी और उनके बच्चे धीरे-धीरे उस बच्ची के स्कूल-ड्रेस में स्टेशन से बाहर जाने और स्कूल ड्रेस में स्टेशन के अन्दर लौटने के आदी हो गये।

इसी बीच कुछ अजीब घटा। ऐसा जैसा पहले कभी नहीं घटा था। प्लेटफ़ॉर्म पर जो ट्रेनें आ रही थीं, उनसे बीमार लोग उतरने लगे। जनरल डिब्बे से लेकर, एसी फ़र्स्ट तक एक ही हाल था। हर डिब्बे से, दो-चार बीमार और पस्त लोग उतरने लगे। फिर बीमारों की संख्या बढ़ती गयी। फिर ढेरों बीमार और दो-चार मृत शरीर, हर डिब्बे से उतरने लगे। वे बीमार और मृत शरीर विषाणुग्रस्त थे।

फिर ट्रेनें धीरे-धीरे कम होती गयीं। फिर ट्रेनों का आना ही बन्द हो गया। सारे प्लेटफ़ॉर्म सुने हो गये। मेन-प्लेटफ़ॉर्म के दफ्तरों से कर्मचारी ग़ायब से हो गये। दिखते कभी-कभी ही। स्टेशन के दफ़्तरों पर जैसे ताला लग गया। सारे-के-सारे प्लेटफ़ॉर्मों में बस, कौए, कुत्ते और भिखारी बच गये।

कौओं और कुत्तों के पास तो फिर भी कहीं और जाने की गुंजाइश थी, पर भिखारियों के पास यह भी नहीं थी। वे जायेंगे तो भी उन्हें इन प्लेटफ़ॉर्मों पर ही वापस आना था। वे स्टेशन में बसे भिखारी थे और स्टेशन के अलावा, उनके पास रहने और ठहरने की, इस शहर में कोई और जगह नहीं थी। शहर के भिखारी अलग थे। वे शहर में भूखे घूम रहे थे। इस छोर से उस छोर तक, शहर को अपने पैरों से नापते घूम रहे थे वे। वे शहर के हर बन्द दरवाज़े को खटखटा रहे थे। पर कोई दरवाज़ा नहीं खुल रहा था। लोगों को भिखारी विषाणुओं से लिपटा पुलिन्दा लग रहा था। बन्द घर भी खाना बचाकर रखना चाह रहे थे। समर्थ हो तो क्या रुपये-पैसे को तो खा नहीं सकते, खाना ही खा सकते थे! यह कब तक चलेगा कोई बता नहीं सकता था। भिखारियों को दान कर, पुण्य कमाना लोग भूल चुके थे। दरअसल लोग विषाणुओं के भय से सब कुछ भूल चुके। अपने सम्बन्धों को भूल चुके थे। भूल चुके थे पड़ोसियों को। नौकर-चाकर को भूल चुके थे। बाहर की समूची दुनिया को स्थगित कर, रह रहे थे अकेले। वे विषाणुओं के भय से काँपते और मृत्यु का इन्तज़ार करते रह रहे थे। इसमें ये भिखारी उन्हें कहाँ याद आते। इसलिए भिखारी जब उनके घर की घण्टी बजाते तो वह बजती ही नहीं थी। बजती नहीं थी तो सुनाई भी नहीं देती थी। सुनाई नहीं देती थी तो वे बाहर नहीं आते थे। बाहर नहीं आते थे तो भिखारियों को भीख भी नहीं मिलती थी।

यह मनुष्यों पर विषाणुओं का भीषण हमला था। शहर विषाणुओं के भय से सूना हो गया था। लोग अपने-अपने घरों में बन्द थे। घर का कोई व्यक्ति बाहर निकलता तो उसकी देह से विषाणुओं के घर के भीतर आ जाने का भय बना हुआ था। तो जो समर्थ लोग थे, उन्होंने बाहर निकालना बिल्कुल ही बन्द कर दिया। नौकर-चाकर का घर के भीतर आना भी बन्द हो गया था। विषाणुओं के भय से, उन्हें अपनी सेवा ख़ुद करनी पड़ रही थी। पर मृत्यु से बचे रहने के लिए, यह ज़रूरी था और वे यह जानते थे। इसलिए जीवन में पहली बार वे ख़ुद की सेवा कर रहे थे और उन्होंने ख़ुद अपने सेवकों को भागा दिया था।

ये विषाणु भी विचित्र थे। वे ज़्यादातर समर्थ लोगों की देह के भीतर ही घुस रहे थे। समर्थों के पास नाज़ुक देह थी। हाइजेनिक देह। समर्थों की देह विषाणुओं का आसान शिकार थी। ये विषाणु समर्थ लोगों के साथ ही चीन से हवाई जहाज़ में उड़कर आये थे और सब देशों में फैल गये थे।

ये विषाणु मनुष्य की नाक और मुँह के रास्ते भीतर जाकर, उसे इस तरह बीमार कर रहे थे कि उसका साँस लेना मुश्किल कर रहे थे। ये लोगों से लोगों में फ़ैल रहे थे। मर रहे थे लोग लगातार। साँसें देह के भीतर कम होते-होते, ख़त्म हो रही

थीं। ये विषाणु, तेज़ी से लोगों से लोगों में होते हुए, इस बृहद् आबादीवाले देश में भी घुस आये थे। जहाँ ग़रीब भी बहुत थे और औसत समर्थ मध्यवर्ग भी बहुत था। विषाणु मृत्यु का अनन्त प्रवाह लेकर आ रहे थे। लोग विषाणुओं के भय से घरों के भीतर बन्द हो चुके थे, पर सुरक्षित नहीं थे। घरों में पूरी तरह बन्द होना मुश्किल था। जीवन की ज़रूरी चीज़ों के लिये बाहर निकालना ही पड़ता था किसी एक को। कोई एक निकलता और विषाणु जैसे इसी एक के निकलने का इन्तज़ार करते बैठे रहते, फिर उसके साथ घर आ जाते थे और घरों में बन्द लोगों को भी पकड़ ले रहे थे। वे जीवन की ज़रूरतों से बने सरन्ध्रों से बन्द घरों के भीतर घुस रहे थे। विषाणुओं का भय सब तरफ़ फ़ैल चुका था। उनसे बचना लगभग मुश्किल था।

मृत्यु इतनी सहज इससे पहले नहीं थी। विषाणुओं ने मृत्यु की संख्या को तेज़ी से बढ़ा दिया था। वह इतनी तेज़ी से बढ़ी थी कि एक आदमी के अपने और जान-पहचान के लोग, उसके अब तक के जीवन में जितने नहीं मरे थे, उससे कई गुना ज़्यादा, वह एक हफ़्ते में उन्हें मरता देख रहा था। और अनजाने ही अपनी मृत्यु का इन्तज़ार करते, अपने को देख रहा था। भयावह स्थिति थी, मृत देहों से श्मशान भर गये थे। उन्हें जलाने को लोग इतने कम उपलब्ध थे और ईंधन की कमी इतनी थी कि प्रशासन को उन्हें बड़ा गड्ढा खोदकर, एक साथ दफ़नाना पड़ रहा था कि विषाणु उस मृत देह के साथ ही दफ़न हो जायें और बाहर न फैलें।

डॉक्टर, सामाजिक कार्यकर्ता और अपने को विषाणुओं के भय से बाहर खींच, लोगों की सेवा में झोंक देने वाले अच्छे लोग, रोज़ मर रहे थे। इसके ठीक विपरीत, दवा कम्पनियाँ और वे कम्पनियाँ जिनके पास लोगों के जीने के लिए, ज़रूरी चीज़ों के उत्पाद थे, लाभ कमाने में जुट गयी थीं। तेल से नमक तक, सारी चीज़ों के रेट आसमान पर थे, जिसे ग़रीब आदमी छू भी नहीं सकता था। भिखारी तो फिर भिखारी थे।

ऐसी विकट स्थिति में स्टेशन के भिखारियों की ओर किसी का ध्यान जल्द नहीं गया। स्टेशन की चहल-पहल ट्रेनों से थी जो कब की बन्द हो चुकी थीं। इसलिए भीख मिलनी भी बन्द हो गयी। इसलिए खाना मिलना बन्द हो गया। भिखारियों ने कुछ दिनों तक, खानों के उन ठेलों और स्टालों से, जो एक से छह नम्बर प्लेटफ़ॉर्म में यहाँ-वहाँ थे, उन्हें जैसे-तैसे खोल-तोड़कर, उनसे खाना बाहर किया और चलाया अपना काम। पर इससे काम कितने दिन चलता। दो-चार दिन में ही, एक से छह नम्बर तक सारे प्लेटफ़ॉर्म के ठेले और स्टॉल ख़ाली हो गये। अब खाने की खोज स्टेशन से बाहर ही करनी थी।

यहाँ भिखारियों ने संयम और एकता दिखाई। किसी भी भिखारी को खाने की कोई चीज़ मिलती, वे उसे प्लेटफ़ॉर्म नम्बर छह पर नल के पास रखे खाने के उस ठेले पर रख देते, जिसका मालिक कभी इस ठेले से आलूगुण्डा, समोसा, भाजिया बेचता था और अब विषाणुओं के भय से नहीं, बल्कि ट्रेनों के नहीं आने के कारण छोड़कर भाग गया था। यह एक ऐसा ठेला था, जिस पर भिखारियों को खाने का कोई सामान नहीं मिला था। मिला था बस ख़ाली यह ठेला। जिसका अब यह उपयोग हो रहा जा कि खाने का सारा सामान इस ठेले पर इकट्ठा करो और मिल-जुलकर खाओ! खाओ बराबर-बराबर बाँटकर!

एक दिन, जब कुछ कमज़ोर, अपंग और बूढ़े भिखारी, प्लेटफ़ॉर्म नम्बर छह पर, आधे पेट या भूखे यहाँ-वहाँ पड़े थे। कुछ विषाणुओं द्वारा रचे सुनसान को भेदने निकल पड़े थे बाहर कि कहीं खाने-पीने की चीज़ कोई बँट रही हो तो मिल जाये। ठीक इसी समय, जब स्टेशन की पटरियों पर ठण्डी धूप फैली हुई थी, भिखारियों के बच्चे और वे बच्चे जो लावारिस थे, छह नम्बर प्लेटफ़ॉर्म की पटरी पर ट्रेन बन दौड़ने लगे। इंजन एक लावारिस लड़का बना था, जिसकी उम्र लगभग ग्यारह साल थी और जो थोड़ा लँगड़ाकर चलता था, पर स्टीम-इंजन की हूबहू आवाज़ निकालता था। स्टीम इंजन अब कम बचे थे और भविष्य में वे बच्चों की आवाज़ में ही बचे रहने वाले थे। वे बचे रहने वाले थे इन बच्चों के बड़े होने पर, सिर्फ़ उनकी स्मृतियों में। तो इंजन बना बच्चा बहुत उत्साही था, सीटी और भाप की आवाज़ निकालता वह तेज़ी से दौड़ रहा था, पटरियों के बीच, पटरियों के नीचे बिछे सीमेंट की पट्टियों पर, एक के बाद एक, पट्टियों पर सधा हुआ पैर रखता। उसके पीछे ख़ुशी से चीख़ते-चिल्लाते बच्चे थे, ट्रेन के डिब्बे बने। सबसे अन्त में कपड़े के पुराने टुकड़े को लहराती, गार्ड बनी छुटकू अन्धे और मुन्नी की बेटी थी। ख़ुश-ख़ुश बच्चे। बच्चों को वैसे भी इन विषाणुओं से कोई मतलब नहीं था। वे विषाणुओं को समझते नहीं थे तो उनसे डरते भी नहीं थे।

तभी अचानक कुछ आश्चर्यजनक घटा। इतना आश्चर्यजनक कि छह नम्बर प्लेटफ़ॉर्म पर इधर-उधर पड़े, भिखारी मुँह फाड़े रह गये। उन्होंने बच्चों की उस दौड़ती ट्रेन को देखा जब, तो देखा कि देख रहे है बच्चे, अब ऊपर आसमान की ओर। बच्चों की ट्रेन रुकी नहीं, दौड़ रही है अब भी। पर देख रहे हैं बच्चे काले होते आसमान को। काले आसमान से अचानक होने लगती है बारिश। बारिश के साथ गिर रहे हैं, धागे से महीन और हरे रंग के हवा तैरते असंख्य जीव। जुगनुओं के आकार के। जुगनुओं की तरह ही दिपदिपाते। जुगनुओं से बस अलग ऐसे कि दिपदिपाते दिन की इस बारिश में भी। दिपदिपाते पीले में नहीं हरे में। वे इतने बढ़े कि उन्होंने ट्रेन बने बच्चों को पूरी तरह ढँक लिया। अब पटरी पर, बारीक-बारीक

बिलबिलाते जीवों की हरी ट्रेन दौड़ रही थी झमाझम बारिश में। इस झमाझम बारिश में ट्रेन की आवाज़, बच्चों की चीख़ती खिलखिलाहट और गार्ड का लहराता झण्डा वैसा-का-वैसा था। था कुछ ज़्यादा उत्साह से भरा कि यह इस बरस की पहली बारिश थी और पहली बारिश में भीग रही थी बच्चों की ट्रेन। अन्तर बस इतना था कि हरे-हरे अपरिचित जीव सवार हो गये थे ट्रेन में बच्चों के साथ, जैसे ठसाठस भरी ट्रेन में ट्रेन की खिड़कियों और छत पर लटकते यात्री बारिश के साथ उतरे ये नन्हे जीव। नन्हे जीवों से ढँक गयी थी बच्चों की ट्रेन।

यह वही विषाणु थे जो लोगों को बीमार कर रहे थे और जिसकी वजह से लोग मर रहे थे लगातार। इस देश के इस मँझौले स्टेशन में। पहली बार नंगी आँखों से देख लिये गये थे। जिन्हें दिखना था माइक्रोस्कोप से, वे नंगी आँखों से दिख रहे थे। वे लगातार बढ़ते जा रहे थे। विषाणु बच्चों के खेल में फँस गये थे या तो वे ग़रीबों और भिखारियों को छोड़ रहे थे और छोड़ रहे थे उनके बच्चों को या उनसे हार रहे थे। यह अजीब बात थी पर एक हद तक सच थी। इसकी सच्चाई पर बस प्लेटफ़ॉर्म नम्बर छह पर बैठे भिखारी ही भरोसा कर सकते थे जो विषाणुओं की बारिश देख रहे थे। भरोसा कर सकते थे वे नन्हे बच्चे जो ट्रेन बन दौड़ रहे थे, पर वे उन चमकीले हरे जीवों को विषाणु नहीं मान रहे थे। वे उन्हें अपने खेल का हिस्सा मान रहे थे कि उनके होने से उनकी ट्रेन हरे रंग की सुन्दर और चमकदार हो गयी थी। बस इतना ही था।

विषाणुओं को इस तरह भिखारियों और भिखारियों के बच्चों को दिखना नहीं चाहिए था। क्योंकि इससे ठीक दो दिन पहले, देश के प्रधानमन्त्री ने, शाम छह बजे, लोगों से विषाणुओं को देश से बाहर भगाने के लिए, यह नया उपाय सोचा था कि घण्टे और बरतन बजवाया जाये। प्रधानमन्त्री ने सोचा था कि एक साथ उठती इस ध्वनि से विषाणु इतने बेचैन हो जायेंगे कि भाग जायेंगे देश को छोड़कर। इसीलिए ठीक जब सूरज डूबने-डूबने को था और चन्द्रमा उगने-उगने को यानी इस डूबने और उगने की सन्धि पर, पूरे देश के लोगों से, विषाणुओं को अपने देश से बाहर करने के लिए, प्रधानमन्त्री ने मन्दिरों का घण्टा और घरों का बर्तन पन्द्रह मिनट बजवाया था। पूरे देश में पन्द्रह मिनट, काँसे, पीतल और ताँबे की तीव्र ध्वनियाँ गूँजती रही थीं। ये ध्वनियाँ इतनी तीव्र थीं कि लोग आपस में कुछ बोल-बतिया नहीं पा रहे थे। घर के किसी एक सदस्य ने नहीं, सभी सदस्यों ने घर के बर्तन उठा बजाते हुए, विषाणुओं को भगाने में अपने को लगा दिया था। इस देश की राजधानी में, विद्वान प्रधानमन्त्री ने एक विशाल कार्यक्रम में, जिसमें एक विशाल मैदान में लाखों लोग जुटाये गये थे, बर्तनों के साथ, वे लोग थे जो विषाणुओं द्वारा रोक दी गयी

मनुष्यों की आवाजाही के कारण भूखे मर रहे थे और एक समय के खाने और कुछ रूपयों के लिए उस मैदान में इकट्ठा हुए थे। इन लोगों के साथ में गेरुआ वस्त्र और कण्ठी माला पहनकर, स्वयं प्रधानमन्त्री ने बर्तन बजाया था और प्रधानमन्त्री ने बजते बरतन के धुन में धुन मिलाकर, उस मैदान में उपस्थित लाखों लोगों ने, बजाया था बर्तन। उन लाखों लोगों के साथ-साथ करोड़ों लोगों ने अपने घरों की छतों, छज्जों और जहाँ खुली जगह दिखी घर के आसपास, वहाँ खड़े होकर बजाया था बरतन। और आश्चर्य कि घरों से बजते बरतनों की धुन भी, प्रधानमन्त्री के बजते बरतन की धुन से मिल रही थी। यहाँ तक कि इस स्टेशन के भिखारियों ने भी सुना-सुनी में प्लेटफ़ॉर्म नम्बर छह में खड़े होकर अपने अल्युमिनियम के बर्तनों को बजाया था ज़ोर-ज़ोर से। तब भीख के बरतनों की धुन बिल्कुल अलग निकली, पर इनकी धुन भी प्रधानमन्त्री के बर्तन की धुन से धुन मिलाकर ही निकली। तो इस तरह राजधानी के उस विशाल मैदान से लेकर, पूरे देश के एक-एक घर से, इतनी तीव्र ध्वनि उठी कि पूरी पृथ्वी तक फैल गयी। पूरी पृथ्वी में फैले विषाणुओं ने इस ध्वनि को सुना। सुना और सारे विषाणु एक साथ मुस्कुराये। जो विषाणु इस बजते बरतन के देश में थे, वे कुछ क्षण मुस्कुराये, फिर हँसने भी लगे। हँसे शायद इसलिए कि उन्हें ध्वनि से मरना तो था नहीं, बल्कि ठीक दो दिन बाद उन्हें इस स्टेशन पर बच्चों के दौड़ती ट्रेन में सवार होना था।

यह हुए कुछ समय बीता ही था कि बहुत से लोग ऑक्सीजन की कमी के कारण मर गये। विषाणुओं की जब दूसरी लहर आयी तो उसमें वहीं विषाणु थे जो बरतनों की ध्वनि को सुनकर हँस चुके थे और अब अपने काम को लेकर अपनी हँसी जितने ही गम्भीर थे। इन विषाणुओं ने मनुष्य की साँसों को इतना कम कर दिया था कि मनुष्य को मरना ही था। अस्पताल में बिस्तर, दवाएँ, ऑक्सीजन और मेडिकल उपकरणों के इन्तज़ाम के बजाय, देश विषाणुओं को भगाने के लिए बरतन बजाने में लग गया था। इसलिए बिना इलाज के बहुत लोग मर गये कि उन्हें बचाने के लिए जो चाहिए था, वे अस्पतालों के पास था ही नहीं।

इसी बीच छह नम्बर प्लेटफ़ॉर्म पर खाना ढूँढ़ने गये भिखारियों का झुण्ड लौट आया। उनके हाथों में, काग़ज़ की प्लेटों में खाना था। प्लेटफ़ॉर्म पर बैठे लाचार और अशक्त भिखारी, बच्चों के साथ पटरी पर दौड़ते, विषाणुओं को तुरन्त भूल गये। खाना देख वह चिल्लाकर पूछने लगे कि कहाँ मिला, ये कहाँ मिला? जब उन्हें यह पता चला कि स्टेशन के बाहर गुरुद्वारे में खाना बँट रहा है। तो उन्होंने पटरी पर, विषाणुओं से लिपटी अब भी भागती ट्रेन को आवाज़ दी कि खाना लेने चलो गुरुद्वारे। बच्चों की भागती ट्रेन ठिठककर खड़ी हो गयी। उनके ठिठकने से ठिठक गये विषाणु

अचानक। उन्हें कुछ समझ नहीं आया। कुछ समझ नहीं आने से परास्त हो गये विषाणु। तुरन्त नष्ट होकर, बच्चों की उस ट्रेन की लम्बाई में बिखरे दिखे मृत। हरे, धागे से महीन, छोटे-छोटे टुकड़े छह नम्बर प्लेटफ़ॉर्म की पटरी पर, थोड़ी देर पड़े रहे फिर पता नहीं कहाँ ग़ायब हो गये। अब यहाँ कोई यह दावा नहीं कर सकता था कि उसने विषाणुओं को देखा है। कोई सबूत अब बचा नहीं था। और भिखारियों, उनके बच्चों और लावारिसों के दावे को कोई भी सरकार कहाँ गम्भीरता से लेती है?

उधर प्रधानमन्त्री को अपने ऊपर बहुत भरोसा था। देश की जनता को भी अपने प्रधानमन्त्री पर बहुत भरोसा था। इस बार प्रधानमन्त्री ने विषाणुओं को भागने के लिए एक नया उपाय लाया। प्रधानमन्त्री विषाणुओं को चकमा देना चाह रहे थे। उन्होंने कहा कि सब जगह, पूरे देश में रात के लिए रोशनी को बुझा दिया जाये। इससे होगा यह कि विषाणु दिग्भ्रमित हो जायेंगे और उन्हें लगेगा यहाँ न लोग हैं न लोगों का कोई देश है, इसलिए विषाणु इस देश को निर्जन जगह समझ, दूसरे देशों की ओर भाग जायेंगे। प्रधानमन्त्री ने विषाणुओं को भगाने के लिए, इस बार जो नया उपाय दिया, इसमें लोगों को कुछ ज़्यादा करना नहीं था। रहना था बस कुछ रात कष्ट में। रहना था अँधेरे के कष्ट में। ऐसा कोई ज़्यादा कष्ट तो था नहीं पंखे-एसी जो बिना रोशनी दिये चलें तो उन्हें चला सकते थे। खाना सूरज डूबने से पहले ही खा लो। बिना रोशनी के अन्दाज़ से खाना खा सको तो कभी भी खा लो। रात में भी। टटोल-टटोलकर अन्दाज़ से खा लो रात में भी। प्रधानमन्त्री, ध्वनिवाले उपाय के असफल हो जाने के कारण, कोई कसर बाक़ी नहीं छोड़ना चाह रहे थे। चाह रहे थे। इस बार कम-से-कम, सात बार दिग्भ्रमित कर दो इन विषाणुओं को कि आख़िरकार वे इस देश को छोड़ भाग ही जायें। सात दिन तक लगातार रात में ग़ायब होते देश में कोई भी विषाणु क्यों रहना चाहेगा। ज़रूर डरेंगे विषाणु इस अजीब देश से, जो दिन में दिखता है और रात में जाने कहाँ ग़ायब हो जाता है। यह उपाय सफल हो गया तो देश का अरबों-खरबों का राजस्व बच सकता था जो चिकित्सकीय सुविधाओं में व्यय होने वाला था। तो इस उपाय के मुहरत का दिन, देश के एक विद्वान ज्योतिषी से, प्रधानमन्त्री ने पोथा-पंचांग देख निर्धारित कराया। इसके लिए बाक़ायदा वे पूजा में बैठे। पीत-वस्त्र धारण किया। हवन किया। हवन करते ही उनके दिमाग़ में यह बात भी आयी कि सब अगर मिलकर हवन करें तो विषाणुओं को भागने का यह भी एक कारगर उपाय हो सकता है। पर यह उन्होंने उस समय किसी से कहा नहीं और अपने मन में ही रख लिया, अगले उपाय के रूप में।

मुहरत के दिन से, लगातार शाम सात बजकर आठ मिनट पर (क्योंकि विद्वान

ज्योतिषी ने अँधेरे के लिए, यही समय निर्धारित किया था), पूरा देश सात रातों तक अन्धकार में डूबता रहा। यह स्टेशन भी अँधेरे में डूब गया। छुटकू अन्धा और उस जैसे लाखों अन्धे जो जन्म से ही अँधेरे में डूबे हुए थे, उनके लिए देश का अँधेरे में डूबना, देश के आँखवाले लोगों का अन्धों-सा अन्धकार को महसूस करने-सा था। यह कह सकते थे कि सात रातों तक पूरा देश रात के घण्टों के लिए अन्धा होता रहा।

छुटकू अन्धा इस विषाणु काल में, अपनी झोंपड़ी में ही ज़्यादा बैठा रहता। जाता कहाँ। जाने के लिए अब कोई जगह बची नहीं थी। वह झोंपड़ी के बाहर ही पत्थर पर बैठ ढपली बजाने लगा था। लगातार नहीं। बस कभी-कभी जब मन करता बजा लेता। उसे पता नहीं था कि वह किसके लिए ढपली बजा रहा है। आमतौर पर वह झोंपड़ी में अकेला ही पड़ा रहता था। मुन्नी और बेटी खाने की खोज में निकले रहते। जब भूख लगती तो वह बेचैनी से उनके लौटने का इन्तज़ार करने लगता था।

झोंपड़ी इतनी नीची थी कि बस वह किसी तरह सो पाने के लिए ही थी तो छुटकू अन्धे को बीच-बीच में झोंपड़ी से बाहर आना पड़ता था कि अपने हाथ-पैर सीधा कर सके। बाहर आता तो गमछे से अपना मुँह बाँध लेता कि विषाणुओं को उसके भीतर जाने का रास्ता न मिले, अब इतने दिनों में इधर-उधर से सुनकर, लगभग सभी भिखारी अपना मुँह जो कपड़ा मिला उससे बाँधने लगे थे। जबकि उस घटना के बाद, जिसमें भिखारियों ने विषाणुओं को देख लिया था, ट्रेन बने बच्चों के साथ पटरी पर दौड़ते और परास्त होते, उन्हें विषाणुओं का भय नहीं होना था। पर देखा-सीखी में अब वे भी मुँह पर कपड़ा बाँधने लगे थे। यह ठीक भी था। उन्हें चुनना या न चुनना विषाणुओं के हाथ में था। यह मान ही लेना कि विषाणु ग़रीब और भिखारी देह से परास्त हो गये हैं, बहुत ठीक नहीं था। ये विषाणु ऐसे थे कि दुनिया भर के वैज्ञानिक भी मिलकर इन्हें नहीं पकड़ पा रहे थे। ढूँढ़ नहीं पा रहे थे इनका कोई तोड़। तो अगर विषाणु उनकी भिखारी और ग़रीब देह से परास्त नहीं हुए तो उनके पास बस मृत्यु ही बचती थी। समर्थ जब विषाणुओं की दी मृत्यु से नहीं बच पा रहे थे तो वे तो भिखारी थे–ऐसे लोग जिनकी मृत्यु से, पृथ्वी पर कोई निशान नहीं पड़ता है।

हवा में विषाणुओं के रहते, समय गुज़रता रहा। लगभग आठ माह बीत गये थे। विषाणु अब भी हवा में मौजूद थे। लोग मृत्यु और विषाणुओं के साथ जीने के आदी होने लगे। कब तक बन्द रहते अपने घरों में। जीना था तो बाहर निकलना ही था। अब अगर मरना था तो भी बाहर निकलना ही था। मनुष्य को, जीने के लिए जीवन

बटोरना पड़ता है, यहाँ-वहाँ से। जीवन जो उसके घर से बाहर बिखरा पड़ा रहता है। हमेशा। और उसे वह समेटकर लाना पड़ता है अपने घर के भीतर।

यह ज़रूर था कि लोग अब ज़्यादा एकान्त-प्रिय हो गये थे। लोगों ने लोगों से मिलना-जुलना बन्द कर दिया था। हाथ मिलाना और गले लगना तो जाने कब से वे भूल चुके थे। दूर से नमस्ते करने लगे थे। दरअसल घर के बाहर के किसी भी व्यक्ति को देख, बस यह लगता रहा था कि इसकी देह कहीं विषाणुओं का घर तो नहीं बन गयी है। अपने अतिरिक्त जैसे हर व्यक्ति उन्हें मृत्यु का संवाहक्र लग रहा था।

सारे सम्बन्ध स्थगित हो गये थे। स्थगित हो गये थे सारे सामाजिक कार्यक्रम। स्थगित हो गये थे शादी-ब्याह। मन्दिरों में देवताओं की पूजा स्थगित थी। बन्द थे सारे मन्दिर भक्तों के लिए। पुजारी बस मन्दिर खोल देवताओं के पास जा रहा था। उसे देख देवताओं को भी भय हो रहा था कि पूजा के संग विषाणु तो नहीं ला रहा है पुजारी। प्रवचन स्थगित थे। स्थगित थी भीड़। यात्राएँ–जल, थल, वायु, सारी पद्धतियों की यात्राएँ स्थगित थीं। स्कूल-कॉलेज बन्द थे। स्थगित थी शिक्षा। बस मृत्यु स्थगित नहीं थी। थी वह निरन्तर।

ज़्यादातर समय, घर की चहारदीवारी में बन्द रहने के कारण, लोगों के दिमाग़ तन गये थे। बढ़ गयी थीं घरेलू हिंसाएँ। बच्चों की पैदावार बढ़ चुकी थी। जोड़ों का तनाव वहीं जाकर थोड़ा कम हो रहा था। पर इसमें भी एक दिक़्क़त थी कि बच्चे पैदा करने अस्पतालों में जाना पड़ रहा था। यह एक भारी काम था जो घर में मृत्यु भी ला रहा था। कभी, अभी-अभी पैदा हुए बच्चे के लिए मृत्यु तो मृत्यु कभी उसके माँ-बाप के लिए। दादा-दादी के लिए मृत्यु। मृत्यु नवजात के भाई-बहनों के लिए। अस्पताल में तो विषाणुओं की सबसे ज़्यादा आवाजाही थी। अस्पताल जाओ तो उनसे बचना और मुश्किल हो गया था।

जो बच्चे बड़े थे, वे स्कूल कॉलेज नहीं जा पा रहे थे। भूल रहे थे लिखना और पढ़ना। समर्थों के बच्चे, टीवी और वीडियो गेम में मगन थे। ग़रीबों के बच्चों के पास वह भी नहीं था। समय काटने के लिए, वे अगर माँ-बाप के पास ठीक-ठाक मोबाइल है तो उसका उपयोग करने की कोशिश कर रहे थे या पुराने खेलों की ओर लौट गये थे या नये खेल रचने लगे थे या करने लगे थे आपस में मारपीट। मारपीट जैसे एक मज़ेदार खेल हो गया था। वे एक-दूसरे को पीटते-पीटते हँसने लगे थे।

इस तरह यह समय बहुत ही बुरा समय था। ऐसा समय जिसके गुज़र जाने के बाद, लोग जिसे याद भी ना करना चाहें। पर यह समय बढ़ता जा रहा था आगे और आगे।

लग रहा था कि इसी समय में अनन्तकाल तक रहना पड़ेगा। इस कभी न ख़त्म होते-से लगते समय में ही छुटकू अन्धे को भी रहना पड़ रहा था। उसके पास सिर्फ़ अँधेरा था और वह इस समय को अपने अँधेरे से सुन रहा था। वह, यह महसूस कर रहा था कि उसके भीतर जो अँधेरा है, उसे इस समय ने ज़्यादा गहरा, गाढ़ा और चिपचिपा बना दिया है। अब वह छोटी-छोटी बातों में मुन्नी पर चिड़चिड़ाने लगा था। मुन्नी भी उस पर चिल्लाती रहती। वह उसकी चिड़चिड़ाहट बर्दाश्त नहीं कर पा रही थी, क्योंकि वह चिड़चिड़ाहट लगातार-सी थी। बात-बात पर थी वह चिड़चिड़ाहट। मुन्नी को यह लगने लगा था कि इस अन्धे को छोड़ भाग जाना चाहिए उसे, उस जगह तक जहाँ अन्धा उसे ढूँढ़ न पाये। आश्चर्य था कि छुटकू अन्धा अपनी बेटी पर बिल्कुल नहीं चिड़चिड़ा रहा था। वहाँ वह पुराना ही छुटकू अन्धा था। शान्त और कम बोलने वाला छुटकू अन्धा। बेटी जैसे उसके पास आती उसके भीतर बैठा गाढ़ा और चिपचिपा अन्धकार सूखकर झरने लगता। बेटी जब तक रहती क़रीब, उसके चेहरे पर मुस्कान की तितलियाँ नाचती रहती थीं। स्कूल बन्द थे तो बेटी पहले से ज़्यादा उसके पास थी, पर वह चौबीस घण्टे तो बाप के पास रह नहीं सकती थी। वह खेलने चली जाती, घूमने चली जाती, चली जाती स्टेशन पर इधर-उधर भटकने। वह स्टेशन के बाहर खाना ढूँढ़ने चली जाती। उसे जाना ही पड़ता था। चली जाती जब वह तो छुटकू अन्धे के चेहरे से मुस्कान की तितलियाँ भी उड़कर, बेटी के पीछे-पीछे चली जाती थीं। लोग आश्चर्य से देखते रहते कि बेटी के सिर के ऊपर नाचती पिता के मुस्कान की रंगबिरंगी तितलियाँ हैं।

एक दोपहर छुटकू अन्धे के चेहरे पर मुस्कान की तितलियाँ थीं। वे अपने झोंपड़े के बाहर बैठे थे बाप और बेटी। बेटी को स्टेशन के बाहर से कहीं पूड़ी-सब्ज़ी मिल गयी थी, जिसे बाप-बेटी ने अभी-अभी खाकर ख़त्म किया था। बेटी ने माँ को बता दिया था कि पूड़ी-सब्ज़ी कहाँ बँट रही है और माँ वहाँ लेने गयी हुई थी। बँटता ऐसा था कि एक आदमी को एक प्लेट मिलता था खाना। यह कहो कि मेरा बाप अन्धा है या मेरा पति अन्धा है, वह नहीं आ सकता, उसके लिए चाहिए तो भी दूसरी प्लेट आमतौर नहीं मिलती थी। बाँटने वाले भिखारियों के सच पर भरोसा नहीं करते थे। भिखारियों का सच, उनके लिए झूठ-सा था। पर छुटकू अन्धे की बेटी के साथ अलग था, स्कूल जाने के कारण शायद, भिखारी-सा दिखना उसका कम होता जा रहा था। वैसे भी उसका रंग-रूप ऐसा था कि वह भिखारी थोड़ा कम दिखती थी। तो जब वह कहती मेरा बाप अन्धा है, उसके लिए भी दे दो तो वे आमतौर पर उसे दे देते थे। पता नहीं जो भी हो पर यह सच था कि उसके सच को खाना बाँटने वाले भी सच समझ लेते थे।

बाप-बेटी, पूड़ी-सब्ज़ी खा लिये तो उन्हें पानी की याद आयी। बेटी झोंपड़े के भीतर पानी लेने नहीं गयी। गयी पानी की ख़ाली बोतल लेने। झोंपड़ी में, सिर्फ़ रात के लिए पानी रहता था, प्लास्टिक के एक डिब्बे में। दिन भर पानी, वे बाहर ही प्लेटफ़ॉर्म के नल से पी लेते थे, नल में सीधे चुल्लू बनाकर। छुटकू अन्धा,पानी का इन्तज़ार कर रहा था। उसने बेटी के झोंपड़े के भीतर जाने की आहट को, अपने पीछे सुना। सुना फिर झोंपड़े से बाहर आने और पानी के लिए नल की ओर जाने की आहट को अपने आगे। फिर थोड़ी देर बाद, उसे अपने आगे बेटी के लौटने की आहट मिली। उस आहट में, बेटी के पैरों की, उस गिलट की पायल के नन्हे घुंघरुओं की महीन आवाज़ भी थी जो बेटी कुछ महीनों से पहन रही थी। तभी छुटकू अन्धे को लगा कि आहट की शुद्धता भंग हो गयी है। बेटी की आहट के पीछे-पीछे किसी और के बड़े और भारी पैरों की आहट भी थी। उसने सोचा कोई परिचित भिखारी होगा जो उससे मिलने बेटी के पीछे-पीछे आ गया होगा। वह निश्चिन्त बैठा रहा बेटी के पानी लेकर क़रीब आने और उस परिचित भिखारी की आवाज़ का इन्तज़ार करता, जिसे सुन वह उसे पहचान लेता।

अचानक उसने बेटी की चीख़ सुनी। सुनी फिर पानी के बोतल की ज़मीन पर गिरने की आवाज़। फिर छुटकू अन्धे ने सुनी, उसे बाबू...बाबू पुकारती बेटी की रुआँसी आवाज़।

वह उठ खड़ा हुआ। चिल्लाया, "कौन है...कौन है...?"

उधर से पहले तो कोई आवाज़ नहीं आयी। रही चुप्पी। बेटी के घिसटने की आवाज़ थी, जैसे कोई उसे अपनी ओर खींच रहा हो।

"बाबू...बचाओ...बचाओ...यह आदमी मुझे ले जा रहा है...बाबू...बाबू...!" बेटी की लगातार पुकार थी।

"कौन है...छोड़ उसे...छोड़ उसे...कौन है...?" चिल्लाया छुटकू अन्धा।

तभी उस आदमी की पहली आवाज़ आई, "चुप साले अन्धे नहीं तो यहीं काट डालूँगा..."

छुटकू अन्धे को इसके बाद, एक क्षण भी नहीं लगा। वह अपनी झोंपड़ी और उसके आसपास पड़ी एक-एक बाधा को जानता था। जानता था एक-एक पेड़ को, एक-एक पौधे को...एक-एक कंकड़...एक-एक पत्थर को। वह नीचे झुका। झुकते ही उसके हाथ में एक बड़ा-सा पत्थर आया। बेटी के बाबू...बाबू की रुआँसी आवाज़ के बहुत ऊपर वह आवाज़ थी, जिसने छुटकू अन्धे को काट डालने की धमकी, कुछ क्षण पहले ही दी थी और बेटी को घसीटने के कारण उस आदमी के पास अब हाँफने की आवाज़ भी थी। छुटकू अन्धे के हाथ का पत्थर, उस काट

डालने वाली धमकी की आवाज़ जो अब बस हाँफ रही थी की ओर तेज़ी से गया। उसके बाद एक आदमी की तीखी आह की आवाज़ के साथ, उसके ज़मीन पर गिरने की भद आवाज़ आयी। उसके बाद एक चीख़ और तीन शब्द, मार डाला रे... निशाना सही पड़ा था। छुटकू अन्धे ने जीवन में गुलेल कभी नहीं चलायी थी, पर उसका निशाना ठीक गुलेल के निशाने-सा पड़ा था।

इसके बाद छुटकू अन्धे को अपनी ओर दौड़ती आती बेटी की आवाज़ आयी। बेटी आकर छुटकू अन्धे से लिपट गयी। वह हिचक-हिचककर रो रही थी। आसपास कोई नहीं था। बस कुछ पेड़ थे और उन पर बैठी चिड़ियाएँ थीं जिन्होंने एक अन्धे पिता और उससे लिपटी हिचक-हिचककर रोती उसकी बेटी को देखा और देखा उनसे कुछ ही दूर, ज़मीन पर पड़े, एक आदमी को जो अब मर चुका था।

अध्याय-सात

ना देखने को जेल

आसमान देखता रहता था जेल को कि जेल शहर के भीतर है। शहर के भीतर, यह एक छोटे शहर-सी ही है जेल। जेल में दिखती थी आसमान को आठ बैरकें। बैरकें, एक बड़े गोल घेरे में, इस तरह जुड़ी खड़ी थीं कि एक विशाल गोल घेरा बना रही थीं। इस विशाल गोल घेरे में, फलदार पेड़ों और फूलों का एक बग़ीचा भी था। इस घेरे में बैरकें थीं, ठीक उस तरह, जैसे एक विशाल फूल की पंखुड़ियाँ जुड़ी हों, फूल के विशाल वृत्त से। आसमान यह देखता रहता कि यह सब, एक बहुत ऊँची दीवार के चौकोन घेरे के भीतर था। चौकोन घेरे के भीतर, बाहरी दीवार की ऊँचाई के बराबर की ऊँचाई का, एक और दीवार का घेरा था। इन दो दीवारों के बीच, सात फ़ुट चौड़ी और मनुष्य के आकार से दोगुनी गहरी खाई थी। खाई, अँधेरे का एक लम्बा चौकोन घेरा थी। खाई के इस अँधेरे घेरे को देख, आसमान को यह लगता था कि जेल की भीतरी दीवार को लाँघते ही, इसमें कोई क़ैदी गिरेगा तो कभी ऊपर नहीं आ सकेगा इस तरह कि वह जेल की बाहरी दीवार को चढ़, कूद पड़े अपनी रिहाई में।

जेल के भीतर घुसने का एक ही रास्ता था और वही जेल से बाहर जाने का रास्ता भी था। वह लोहे और लकड़ी से बना एक विशाल दरवाज़ा था। जिसके खोल देने पर, पूरा का पूरा बड़ा ट्रक भीतर जा सकता था। लोहे का विशाल दरवाज़ा बहुत कम खुलता था। खुलता था तभी जब माल-असबाब जेल के अन्दर करना होता। खुलता था बहुत सावधानी से और बन्द हो जाता था बहुत सावधानी से। आना-जाना उस दरवाज़े में बने, एक छोटे-से दरवाज़े से ही होता रहता था। छोटा दरवाज़ा, आदमी के आकार से इतना छोटा था कि आदमी सिर झुकाकर और अपने को सिकोड़कर ही उसके भीतर जा सकता था। कोई भी आदमी इस दरवाज़े के भीतर जाने की कभी भी नहीं सोचता था। सोचता नहीं था कभी स्वप्न में भी। जो भीतर थे वे इस दरवाज़े के बाहर आने का स्वप्न देखते थे। यह ऐसा स्वप्न था जो उन्हें जागे में

भी दिखता था। यह दरवाज़ा, एक खुली दुनिया में दिखता था और एक बन्द दुनिया में खुलता था। जेल का यह छोटा-सा दरवाज़ा आदमी की पूरी दुनिया बदल देता था।

यह पुरुषों की जेल थी। इसे ब्रिटिश सरकार ने बनवाया था, विशेषकर स्वतन्त्रता संग्राम सेनानियों को क़ैद करने के लिए। क़ैद करने के लिए उनके साथ चोर, डकैत और लुटेरों को भी। यह बहुत पुरानी जेल थी। ब्रिटिश-वास्तुकला का बखान करती यह जेल, आसमान को अपने स्थापत्य में ही बहुत क्रूर लगती थी। यह ऐसी जेल थी, जिसमें बाहर के लिए, कोई सुराख़ बनाना मुश्किल था। सुरंग तो बहुत ही मुश्किल थी। ऐसा आसमान सोचता था। क़ैदी ऐसा नहीं सोचते थे। क़ैदी सुरंग सोचते थे। क़ैदी दीवारों को पार करना सोचते थे। क़ैदी जेल की उस गहरी खाई को पार करना सोचते थे जो दीवारों के बीच थी। क़ैदी सोचते थे कि उनकी पीठ पर उग आये : पंख विशाल और वे जटायु-सा उड़ सकें। उड़ सकें दीवारों और खाई से पार। पार, उस पार। क़ैदी सोचते थे उन सारी बाधाओं को पार कर लेने की, जिन्होंने उनकी क़ैद को रचा है। क़ैद, रिहाई की बेचैनी को बहुत बढ़ा देती है। क़ैद का एक-एक दिन भारी होता है। यह आसमान नहीं जानता है। आसमान को क़ैद नहीं किया जा सकता है। आसमान स्वतन्त्रता और उन्मुक्तता का सबसे अच्छा उदाहरण है। इस जेल का हर क़ैदी चाहता है यह कि वह हो जाये आसमान।

उस समय, जब समय ब्रिटिश का था, जेल में बन्द क़ैदी, जब-तब आसमान को ताक़ते रहते थे। आज भी जब समय ब्रिटिश का नहीं है, इस समय भी, जेल में बन्द क़ैदी, आसमान को जब-तब ताक़ते रहते हैं। आसमान उनके लिए, एक नीली खुली दुनिया थी, जिसका विस्तार अनन्त था। आसमान का विस्तार सिर्फ़ ऊपर ही नहीं, क़ैदियों के मन तक भी था भीतर। क़ैदी आसमान से ही अपनी स्वतन्त्रता, अपना शहर-गाँव और अपना परिवार सोचते थे। सोचते थे–यही आसमान जो है यहाँ, है उनके अपने शहर में भी, है उनके अपने गाँव में भी। इसी आसमान के नीचे, इसे ही देखता और इसी के नीचे गुज़र-बसर करता, उनका परिवार भी है। इसी आसमान के नीचे जेल में रहते वे हैं। इसी आसमान के नीचे गाँव में रहता उनका परिवार है। तो जो कुछ है यह आसमान ही है, जो दिखता है जेल से जेल जितना या उससे थोड़ा अधिक, जेल की चौकोन और दोहरी चहारदीवारी के पार वह दिखता है जितना। क़ैदी चाहे हत्यारा हो, हो चोर डाकू, बलात्कारी हो, हो या निरपराध और कानून की ग़लती से भीतर हो, आसमान सबके लिए एक-सा है। कोई क़ैदियों को आसमान को देखने से रोक नहीं सकता है। यह सोचने से रोक नहीं सकता है कि जिस आसमान को देख रहे हैं वे, ठीक उसी आसमान को देख रहे हैं, उनके माँ, बाप, पत्नी और बच्चे। यह भी हो सकता है कि ठीक जिस समय देख रहे हों वे

आसमान को, ठीक उसी समय देख रहे हों उनके माँ, बाप, पत्नी और बच्चे। सभी के सभी, एक साथ अगर न भी देख रहे हों तो देख रहा होगा कोई तो एक ज़रूर। इस तरह क़ैदी आसमान को देख, ठीक उसी समय, उनके घर-गाँव से आसमान को देख रहे, अपने परिजन से जुड़ जाते थे। कोई नहीं रोक सकता इन क़ैदियों को आसमान को देखने से। जेल में कहीं से भी, कभी भी, क़ैदी आते-जाते, सोते-बैठे देखते रहते हैं आसमान। कोई नहीं रोक सकता उन्हें। आसमान को भी, कोई नहीं रोक सकता जेल को देखने से।

छुटकू अन्धे को जब जेल के भीतर लाया गया तो देर शाम हो चुकी थी। गहरी शाम। जेल का आसमान, अँधेरे में डूब रहा था तेज़ी से। जेल में अब पीली रोशनी थी जो छूटकू-अन्धे के लिए नहीं थी कि वह उसे देख नहीं सकता था। कहीं से आती झींगुरों की बारीक आवाज़ थी जो उनके पंखों से फूट रही थी, जिसे वह सुन रहा था। क्या रात हो गयी उसने सोचा। कोर्ट में, दिन भर बीते समय से ही, वह यह अन्दाज़ लगा चुका था कि शाम तो कोर्ट में ही हो गयी थी। फिर भी, बहुत झिझकते हुए उसने उस सन्तरी से पूछ लिया था। सन्तरी, जिसके हाथ में उसकी हथकड़ी का एक छोर था और जिसे झटककर या खींचकर, वह छुटकू अन्धे को दिन भर, दायें-बायें और आगे पीछे होने के इशारे देता रहा था और अब तक थका नहीं था।

सन्तरी ने जवाब दिया था, "हाँ रात हो गयी है...कुछ चाहिए?"

छुटकू अन्धे ने 'ना' में अपना सिर हिला दिया था और यह मान लिया था कि सिपाही ने उसके हिलते सिर को देख लिया होगा।

छुटकू अन्धे के अन्धे होने के कारण, सन्तरी की दया उस पर थी। पहली बार किसी अन्धे क़ैदी को वह जेल ले जा रहा था। जेल की इस नौकरी में, उसे बीस बरस से अधिक हो चुके थे। उसने अपनी इस नौकरी में आज तक कोई अन्धा क़ैदी नहीं देखा था और इस बात को सोच-सोचकर परेशान था कि यह अधेड़ अन्धा आदमी जो लगभग उसकी ही उम्र का था–जेल में कैसे और क्या करेगा...जियेगा कैसे...रहेगा कैसे...सन्तरी ने हथकड़ी का ताला खोल, छुटकू अन्धे को जेल के छोटे दरवाज़े के सामने, नम्बरदार को सौंप दिया।

नम्बरदार, छोटे दरवाज़े के सामने, ऐसी जगह पर खड़ा था जहाँ से, छोटे दरवाज़े से बाहर आती रोशनी, बस उसके कन्धों तक पड़ रही थी, चेहरा उसका अँधेरे में डूबा हुआ था। सन्तरी ने छुटकू अन्धे को सौंपते हुए, नम्बरदार के अँधेरे में डूबे चेहरे से यह भी कहा कि ख़याल रखना अन्धा है बिचारा। नम्बरदार जो ख़ुद

एक क़ैदी था। वह भी किसी अन्धे को पहली बार जेल के भीतर ले जा रहा था। उसने बहुत ग़ौर से छुटकू अन्धे की ओर देखा। देखा उसके अजीब से हिलते सिर को जो दृष्टि को ढूँढ़ने, लगातार अब हिलता रहता था : बेचैन। नम्बरदार को भी उसे देखकर दया आयी। उसने छुटकू अन्धे का हाथ हल्के से पकड़ा उसकी कलाई के पास से, जिसमें हथकड़ी का लाल गहरा निशान था। जेल के छोटे दरवाज़े के ठीक सामने, उसके सिर को अपने बायें हाथ से नीचे की ओर उसने झुका दिया इतना कि छुटकू अन्धे का कद झुककर उस छोटे दरवाज़े में समा सके। समा सके शरीर, इसलिए उसने छुटकू अन्धे के शरीर को आड़ा घुमा दिया कि छुटकू अन्धा अपने कन्धे की ओर से, दरवाज़े के भीतर घुस सके। ठीक उसी तरह सिर झुकाये, अपने कन्धे की ओर से नम्बरदार भी दरवाज़े के भीतर घुसा–छुटकू अन्धे के पीछे-पीछे। दोनों के भीतर आते ही दरवाज़ा बन्द हो गया। इस पूरे समय नम्बरदार की दाहिनी हथेली छुटकू अन्धे की कलाई पर, हथकड़ी के निशान के ऊपर कसी बनी रही।

छुटकू अन्धा जब भीतर आ गया तो उसने अपने को, एक बड़े कमरे के आभास के भीतर खड़ा पाया। सिर पर, छत से लटके पंखे की तेज़ हवा थी। कमरे में, थोड़ी सीलन और काग़ज़ों की मिली-जुली गन्ध थी। कम से कम तीन लोगों की पदचाप और साँसों की आहटें थीं जो सबसे पहले उसे मिलीं। ये आहटें, उस नम्बरदार की आहटों से अलग थीं जो उसे भीतर लेकर आया था। उसने उन आहटों से ही समझ लिया कि वह सजा काटने के लिए, सज़ा काटने की जगह पर पहुँच गया है। फिर उसने एक फाइल के पन्नों की पलटने की आहट सुनी जो उस तक सिर्फ़ पन्नों के पलटने की आहट बन कर पहुँची। वह फाइल को देख नहीं सकता था तो जो पन्ने पलटने की आहट थी, वह उसके लिए, फाइल की भी हो सकती है। हो सकती है किसी रजिस्टर की भी। किसी किताब के पलटने की भी हो सकती है। वह आहट, टेबल पर पड़े पन्नों की नहीं थी जो पेपर वेट के नीचे दबे हवा से फड़फड़ा रहे हों। हवा में फड़फड़ाते पन्नों की आहट और पन्नों के पलटने की आहट का अन्तर छुटकू अन्धा समझता था। उसका जीवन स्टेशन पर बीता था और ये दोनों आवाज़ें, वह स्टेशन के ऑफ़िस के सामने से गुज़रते हुए, जाने कितनी बार सुन चुका था। नम्बरदार की हथेली अब भी उसकी कलाई पर थी जो पसीने से अब चिपचिपी हो गयी थी। कोई नहीं बात सकता था कि यह जो क़ैदी की कलाई में हथकड़ी के निशान को डूबाता पसीना था, था सिर्फ़ नम्बरदार का या अन्धे क़ैदी का था या दोनों का मिला-जुला पसीना था। सामने तीन लोगों की आहटों में से एक आहट कुछ बोलने लगी। वे जेल के लिए किसी क़ैदी को दी जाने वाली नसीहतें थी जो आँख वाले क़ैदी के लिए ज़्यादा थी और अन्धे क़ैदी के किसी काम की नहीं थीं। छुटकू

अन्धे ने पाया कि सामने कि आहट से आ रही नसीहतों को वह ठीक-ठीक इसलिए नहीं सुन पा रहा है, क्योंकि झींगुरों कि आवाज़ कान में बढ़ती जा रही है धीरे-धीरे।

छुटकू अन्धा जब जेल के हरे-भरे उस विशाल गोले पर पहुँचा जो आठ बैरकों से बना था तो ठिठककर खड़ा हो गया। उसके साथ नम्बरदार को भी ठिठकना पड़ा जो उसकी बाँह पकड़े, उसे बैरक की ओर ले जा रहा था। छुटकू अन्धा ठिठका इसलिए था कि उसे चिड़ियों के पंखों की आहट आयी थी। उनके साथ पेड़ों की पत्तियों की सरसराती आहट भी थी। छुटकू अन्धे की उम्र, अन्धकार के भीतर इतनी हो गयी थी कि वह चिड़ियों को उनके पंखों की आवाज़ से और पेड़ों को उनकी पत्तियों की सरसराहट से पहचानने लगा था। वह पीपल को पीपल बता सकता था और बरगद को बरगद। चिड़ियाएँ जब उड़ती थीं तो चिड़ियाओं के पंख उनकी उड़ान को कहते थे। वह कोयल को कोयल बता सकता था और कौओं को कौआ, उनकी उड़ान की फड़फड़ाहट से। चाहे कोयल कूके या न कूके। कौआ काँव-काँव करे या न करे। वह बहुत से पक्षियों को नहीं पहचान पाता था, क्योंकि वह स्टेशन में रहता आया था। बग़ीचे उससे दूर थे। दूर थे उससे जंगल। स्टेशन में पिंजड़े में बन्द तोते कभी उसके पास से गुज़रते रहे थे। पक्षियों में कौए और कबूतर ही ज़्यादातर स्टेशन में आते थे और कुछ छोटी चिड़ियाएँ, गौरेया, कोयल आदि। तो वह इन्हें इनके पंखों की आवाज़ से पहचानने लगा था। इन चिड़ियों के पंखों की आवाज़, उसके पास रहती आयी थी उसके बचपन से।

छुटकू अन्धे के मन में थोड़ी ख़ुशी उपजी। उस घटना के बाद पहली बार उपजी ख़ुशी, जिसने उसके जीवन को, ख़ून के उस चहबच्चे में डूबा दिया था जो उसके फेंके पत्थर से, उस आदमी के सिर से बहा था, जिसे वह उससे पहले बिल्कुल नहीं जानता था। जानना नहीं चाहता था अब भी। उसे यह जानकर अच्छा लगा कि वहाँ भरा-पूरा गहन बग़ीचा है। जेल में उसके साथ पेड़-पौधे भी थे। चिड़ियाएँ भी थीं जेल में उसके साथ। उसके साथ जेल में फूल भी थे। तितलियाँ भी थीं जेल में उसके साथ। पर जेल में वे इस तरह थे कि जेल में नहीं थे। चिड़ियाएँ और तितलियाँ उड़कर जेल की चहारदीवारी से बाहर जा सकती थीं। पेड़ नहीं जा सकते थे, पर वे जेल के भीतर थे ज़रूर कि वे लगभग पैदा ही वहाँ हुए थे, पौधों के रूप में बाहर से लाकर रोप दिये गये थे, पर क़ैदी नहीं थे। छुटकू अन्धा समझ गया कि जगह बदल गयी है तो जानने और समझने के लिए चीज़ें भी बदल गयी हैं। वह अब तक के जीवन में सिर्फ़ तीन फूलों को पहचान पाया था, वह भी गाहे-बगाहे उसकी माँ

ने उन फूलों की पहचान करायी थी। जब भी माँ को कोई फूल मिलता, वह अपने अन्धे बच्चे के पहचान के लिए अपनी साड़ी के छोर में बाँध लेती थी। भीख माँगने से फ़ुरसत पाती तो फिर छुटकू अन्धे की हथेली में रख देती फूल, जैसे रख देती छुटकू अन्धे के स्पर्श में। फिर सुँघाती उसे। फिर नाम बताती उसका। पर वह अपने पूरे जीवन में उसे बस तीन फूलों का नाम बता पायी थी–गेंदा, गुलाब, मोंगरा फूल। बता पायी थी बस तीन पेड़ों का नाम जो स्टेशन के ठीक बाहर थे–नीम, बरगद और पीपल। बस इन तीन पेड़ों की पत्तियाँ उसकी हथेली पर आयी थीं। बस इन तीन पेड़ों की पत्तियों को उसने अपनी माँ के कहने पर मसलकर सूँघा था। यहाँ तो लग रहा है कि पेड़ ही पेड़ हैं और फूल ही फूल। माँ को याद करते हुए, वह जैसे भूल ही गया कि वह जेल के भीतर है। अब क़ैदी है।

फूल, पेड़, पौधे क़ैदी नहीं थे। नहीं थीं क़ैदी चिड़ियाएँ और तितलियाँ। नहीं थीं क़ैदी हवा और ख़ुशबू। क़ैदी नहीं थे बारिश और मौसम। नहीं थे क़ैदी धूप और रोशनी। क़ैदी नहीं थे सूरज, चन्द्रमा, तारे। नहीं था क़ैदी आसमान। क़ैदी था छुटकू अन्धा। जिसे एक ऐसी बैरक में डाल दिया गया था, जहाँ क़ैदी उतने नहीं थे, जीतने उन तीन बैरकों में थे। अन्धा समझ शायद उस पर कुछ दया की गयी थी कि वह उन तीन कठिन बैरकों से बच गया था, जिनके बारे में उसे बाद में पता चला कि वे कितनी भयावह थीं।

वे तीन बैरकें, इस तरह क़ैदियों से ठसाठस भरी थीं कि क़ैदी रात को करवट भी नहीं ले पाते थे। वे एक-दूसरे से चिपके पड़े रहते, एक-दूसरे की बदबूदार साँसों से लिपटे हुए। यह जेल, ग्यारह सौ क़ैदियों के लिए थी, पर इस जेल में उससे तीन गुना ज़्यादा क़ैदी थे। और उसके आधे इन तीन बैरकों में ठूँस दिये गये थे, जैसे मनुष्य नहीं भूसे की बोरियाँ हों। क़ैदियों की संख्या इतनी अधिक थी कि इन बैरकों के क़ैदी रोज़ नहा-धो नहीं पाते थे। इन कामों के लिए हफ़्ते-दस दिन में मुश्किल से एक क़ैदी का नम्बर लगता था। इस तरह नहाया हुआ क़ैदी भी बहुत देर नहाया-सा बचा नहीं रह पाता था। साथी क़ैदियों की गन्ध उसे थोड़ी ही देर में लपेट लेती थी। क़ैदियों की गन्ध आपस में मिल एक हो जाती थी और एक साथ उठती थी बैरक के बाहर तक। वह तीखी और मितली पैदा करती गन्ध थी। उन तीन बैरकों के सामने से गुज़रते या उनके भीतर जाते हुए, नम्बरदार और सन्तरी नाक पर रूमाल रख लेते थे। वैसे भी अभी विषाणु-काल था और वे मास्क पहने हुए, इन तीन बैरकों से बहुत ही सावधान थे। मास्क इन बैरकों के क़ैदियों को भी बाँटा गया था, पर वे मास्क को लेकर

जान-बूझकर लापरवाह बने हुए थे। इन तीन बैरकों के क़ैदी, अनिद्रा के शिकार हो गये थे, बैठे या काम करते, अचानक सोने लगते थे। सन्तरी ने अगर देख लिया तो तुरन्त अपने डण्डे से उन्हें कोचककर उठा देता था। नहीं देखता तो वे उसके नहीं देखने तक कुछ झपकियाँ ले लेते थे। यह जेल उन तीन बैरकों के क़ैदियों के लिए नरक थी और इस तीन बैरकों में रहने वाले क़ैदी रिहाई के साथ-साथ मृत्यु का भी स्वप्न देखते थे। ज़ाहिर है कि उन तीन बैरकों में ग़रीबों और साधनहीन क़ैदियों को ही ठूँसा जाता था और उन्हें ठूँसा जाता था जो सरकार की आँख की किरकिरी बन जाते थे। ठूँसा जाता था और कभी यह अन्दाज़ नहीं लगाया जाता था कि वहाँ पहले से कितने क़ैदी हैं। वी.आई.पी. क़ैदियों के लिए भी बैरकें बचानी होती थीं। बचे क़ैदियों को, किसी बैरक में उसकी क्षमता से तीन से चार गुना अधिक भर देना, जेल अधिकारियों की मजबूरी तो थी, पर इसमें लालच भी कम नहीं था। वीआईपी के सुखों और अपने लाभ के लिए उन्हें यह करना ही पड़ता था।

उस बैरक में, जो उन तीन बैरकों जैसी भयावह नहीं थी, छुटकू अन्धे को एक माह से अधिक हो गया था। यह बैरक इतनी भरी भी नहीं थी कि छुटकू अन्धा करवट भी न ले पाये और न इतनी ख़ाली थी कि बिना किसी दूसरे क़ैदी से टकराये, वह आराम से सो सके। बस ठीक-ठाक थी।

छुटकू अन्धा अब जेल की दीवारों, दरवाज़ों और उन बाधाओं को पहचानने लगा था, जिनसे वह टकरा सकता है। इसलिए अब साथी क़ैदियों की सहायता उसे कम पड़ने लगी थी। जब वह आया था तो क़ैदियों और नम्बरदारों की सहायता के बिना एक क़दम भी इधर से उधर होना, उसे मुश्किल होता था। पर अब वह, बहुत कुछ कर लेता था। वह दीवारों के सहारे, चलते-चलते जेल की दुनिया में, यहाँ से वहाँ होता रहता था। बैरक के बन्द दरवाज़े के खुलने से मिलने वाला समय जो बहुत ज़्यादा नहीं रहता था, पर जो बहुत कम भी नहीं था, वह उस हरे-भरे बड़े से वृत्त में काटता था, जहाँ हर बैरक का दरवाज़ा था। जो चिड़ियों की चहचहाहट, पत्तियों की सरसराहट और धूप के ताप के कारण, उसे एक भरी-पूरी दुनिया-सा लगता था। अब वहाँ बाहर से उड़कर बहुत से कबूतर भी आ गये थे और वहीं रहने लगे थे। जेल में जहाँ-तहाँ चिड़ियों की चहचहाहट के साथ, कबूतरों की गुटरगूँ भी अब मिलने लगी थी। अब कबूतर उसे जानने लगे थे। अब कबूतर उसके कन्धों और सिर पर बैठने लगे थे। कबूतर उसके साथ, उसकी बैरक तक आने लगे थे।

छुटकू अन्धा अपनी बैरक को पहचानने लगा था कि वह हरे-भरे वृत्त से,

कितने क़दम दूर है। बैरक लोहे के बड़े से दरवाज़े की सलाख़ों का ठण्डा स्पर्श अब उसे पता था। पता था बैरक में उसका बिस्तर कितने कदम पर है, जिसमें सिर्फ़ दो कम्बल हैं। वह यह नहीं जानता था कि कम्बल का रंग उतना ही गहरा काला है, जितना गहरा काला रंग उसके भीतर है। वह अपने कम्बलों तक पहुँच जाता था, बिना बैरक की दीवारों को स्पर्श किये। बिना किसी से टकराये। वैसे भी उसे आता देख, बैरक के भीतर के क़ैदी उसके रास्ते से हट जाते थे। टकराता वह कभी-कभी ही था जब कोई क़ैदी जेल की दुनिया से बाहर, अपने मन की दुनिया में मगन खड़ा रह जाता था–उसके रास्ते में और जब वह टकराता था तो क़ैदी अपनी मन की दुनिया से तुरन्त लौटता और शर्माते हुए उससे माफ़ी माँगता। छुटकू अन्धे को क़ैदी की माफ़ी सुनाई देती। पर शर्माना सुनाई नहीं देता था। छूटकू-अन्धा भी, दूसरे क़ैदियों की तरह ही, अपने मन की दुनिया में जाता रहता था। पर वह अपने मन में जाता आमतौर पर तभी था, जब कबूतर उसके कन्धों और सिर पर बैठे रहते थे। यह थोड़ी अजीब बात थी, पर यह सही बात थी। कबूतर उसके साथ-साथ, उसकी मन की दुनिया में चले जाते थे। साथ-साथ जाते, उसकी मन की दुनिया में तो जेल के कबूतर, स्टेशन के पास की उसकी झोंपड़ी में पहुँच जाते थे। जाकर झोंपड़ी के भीतर फ़र्श पर बैठी पढ़ रही, उसकी बेटी के सिर, कन्धों और गोद में बैठकर, गुटरगूँ करने लगते थे। धीरे-धीरे भर जाती थी उसकी झोंपड़ी, उड़ते, फड़फड़ाते और गुटरगूँ करते कबूतरों से। बेटी और मुन्नी उनके बीच दिखतीं। दिखतीं कबूतरों के बीच, कबूतरों में बदलती कि एक उड़ान ले सकें, स्टेशन के पास कि उसकी झोंपड़ी से यहाँ जेल तक, जहाँ अपने सिर और कन्धों पर कबूतरों की गुटरगूँ लिये वह खड़ा है जेल के इस हरे-भरे वृत्त में।

मन बार-बार वहीं जाता था। बेटी के पास। पास मुन्नी के। स्टेशन में बिल्कुल नहीं जाता था उसका मन। मन, स्टेशन को अनदेखा-सा पार कर, सीधे उसकी झोंपड़ी में जाता था। बस यह था कि यहाँ जेल में उसे बेटी की बहुत याद आती थी। याद आती थी बहुत मुन्नी की भी। वह उनसे बहुत दूरी पर नहीं था। उस रेलवे स्टेशन की दूरी, इस जेल से बमुश्किल तीन किलोमीटर थी। वह वहाँ तब भी नहीं पहुँच पा रहा था, जबकि उसका मन बार-बार वहाँ उड़कर पहुँच जाता था, बेटी और मुन्नी की आहटों तक। इस एक माह में मुन्नी और बेटी की आवाज़ें बस एक बार उससे मिलने आ पायी थीं। नम्बरदार मुलाक़ात-कक्ष में उसे पहुँचा आया था। जहाँ मुन्नी और बेटी की आवाज़ें थीं और खाने के लिए उनके द्वारा लायी गयी पूड़ी और सब्ज़ी थी, जिसके बारे में मुन्नी ने कहा था कि यह भीख में नहीं मिली है। वह ख़रीदकर लायी है। ताज़ी पूड़ियाँ। अपने सामने तलवाकर। उसने बताया कि

ठेलेवाले ने पैसा नहीं लिया, जब उसे पता चला कि यह मैं तेरे लिए ले रही हूँ। छुटकू अन्धे ने टटोलकर पाया कि एक दोने में पूड़ी है और एक में आलू की सब्ज़ी। छूकर देखा पूड़ियाँ गरम हैं। वह उन्हें खाने लगा, जैसे पता नहीं कब से वह खाया नहीं है। फिर खाते-खाते रोने लगा। रोने लगा बेटी से लिपटकर। मुन्नी से लिपटकर। मुन्नी उसकी पीठ सहला रही थी। वह हिचकियाँ ले-लेकर रो रहा था...

अँधेरा यहाँ भी है इस जेल में, अँधेरा वहाँ भी था स्टेशन पर। अँधेरा कहाँ नहीं था। आँखवालों के पास भी था अँधेरा। जब-तब उनके भी जीवन में, चमकता था अँधेरा और आँखें धोखा दे जाती थीं। पर आँखवालों के साथ, अँधेरा पैदा नहीं हुआ था। उनके साथ वह कभी-कभार का था कि रात अचानक बत्ती गुल हो जाये और वे धुप्प अँधेरे में डूब जायें। यह बस कुछ क्षणों के लिए होता था, फिर आँखें अँधेरे की अभ्यस्त होते ही अँधेरे के गहरेपन को कम कर देती थीं। पर छुटकू अन्धे के पास अँधेरे के गहरेपन को कम करने की कोई गुंजाइश नहीं थी। उसका अँधेरा उसके साथ पैदा हुआ था। छुटकू अन्धे के लिए अँधेरा जन्मजात था। जुड़वाँ भाई-सा था अँधेरा। और अब वह उसे उतना दु:खी भी नहीं करता था। अब जैसे उसकी आदत हो गयी थी उसे। तो ऐसा कुछ नहीं था कि उसके पास का अँधेरा, यहाँ जेल में उस अँधेरे से बहुत अलग हो जो उसके पास स्टेशन पर था। अन्तर थोड़ा-सा ही था। सिर्फ़ इतना कि दोनों अँधेरों के पास आवाज़ें अलग-अलग थीं।

स्टेशन के उसके अँधेरे के पास, स्टेशन की आवाज़ें थीं। लोगों की तेज़ आवाजाही की आवाज़ थी। स्टेशन के हर प्लेटफ़ॉर्म में आती वह आवाज़ थी जो दिन-रात गाड़ियों के आने-जाने की सूचना बिखेरती रहती थी। मुन्नी की आवाज़ थी। आवाज़ थी बेटी की मीठी-सी। ट्रेनों की आवाज़ें थीं। हर ट्रेन की आवाज़ बिल्कुल अलग थी। वह ट्रेन की आवाज़ से ही पहचान लेता था कि कौन-सी ट्रेन आयी है स्टेशन पर। आती हुई ट्रेन की आवाज़ अलग थी। अलग थी जाती हुई ट्रेन की आवाज़। विषाणुओं के कारण पैदा हुई स्टेशन के उस सन्नाटे की आवाज़ बिल्कुल अलग थी, जिसे छोड़ वह जेल आया था।

जेल के, उसके अँधेरे के पास, जेल की आवाज़ें हैं। पहले जेल की आवाज़ें नयी बनी रहीं उसके लिए। क्योंकि वह बस स्टेशन की आवाज़ों का आदी था। पर थोड़ा समय लगा और वह जेल से उठती आवाज़ों का आदी होता गया। लोगों की धीमी आवाजाही का जो सिर्फ़ तब पैरों से उठ सकती है, जब उन्हें पता हो कि उनके पास जाने की कोई जगह नहीं है। जैसे पैरों को पता हो कि जेल से उठा क़ैदी का हर क़दम, वापस जेल की ओर ही लौटता है। और उन शब्दों का जो बस जेल में

उठ और गूँज सकते थे। क़ैदियों की भद्दी आपसी गालियाँ। आपसी मारपीट से उठी आवाज़ें। कहीं किसी कोने से दुबकी-सी आ रही गहरी-लम्बी साँसों की आवाज़ें।

जेल की आवाज़ें और उनका लगातार बढ़ता शोर। कई बार वह अपने कानों को बन्द कर, उन आवाज़ों के बीच अकेला होने की कोशिश करता था। जबकि स्टेशन पर ऐसा नहीं था, ट्रेनों से आती कितनी भी तीव्र आवाज़, उसे अच्छी ही लगती थी। अच्छा लगता था दिन-रात बजता स्टेशन का स्पीकर। अँधेरा वही था जो था उसके पास। बस आवाज़ों में अन्तर आ गया था। इस अन्तर के कारण यह कहा जा सकता था कि यहाँ जो उसके पास अँधेरा है, वह जेल का अँधेरा है। वह जो उसके पास अँधेरा था, वह स्टेशन का अँधेरा था। दोनों अँधेरों के अन्तर को वही ठीक-ठीक समझ सकता है जो सच में अन्धा हो। देख रही आँखों को बन्द कर, अँधेरे के अन्तर को समझना मुश्किल है।

ठीक इसी तरह, यहाँ आकर छुटकू अन्धे के स्पर्शों में भी अन्तर आया था। अब उसके पास स्टेशन के स्पर्श नहीं बचे थे। जेल में उसकी हथेलियों पास, नयी छुअन थी। ठेठ जेल की छुअन। बैरक की पथरीली दीवारों की छुअन। जेल के सींख़चों की ठण्डी छुअन। नहाने की बड़ी सीमेंट की टंकी की छुअन, जिसका सीमेंट कहीं-कहीं से उधड़ गया था जो उसकी छुअन ने ही उसे बताया था। पत्थर के हौंदों की छुअन। जेल में पल रहे गायों और भैंसों की छुअन। छुअन उनके गरम और दूध की लकीर छोड़ते थनों की। छुअन खाना बनाने के बड़े-बड़े बर्तनों की, जिसे अपनी पारी आने पर, एक और क़ैदी के साथ वह माँजता था। बदलते काम के साथ, छुअन बदलती रही जेल में उसके पास। कभी वह बेंत की कुर्सी बुनने की छुअन बनी। कभी वह वसूला पकड़ने की छुअन बनी। बनी लकड़ी पर रन्दा मारने पर रन्दे की छुअन। कभी वह कील ठोंकते हुए, हथौड़े की छुअन बनी। वह साथ-साथ कभी-कभी, एक तीखी दर्द-भरी छुअन भी बनती रही–ग़लती से अँगूठे पर हथौड़ी के पड़ते ही। बढ़ई के काम में छुअन की विविधता रही बहुत। यह काम उसे कठिन और अच्छा, एक साथ लगता था। उसे जेल में ही पकोड़े और मूँग बड़ा तलने के झारे की छुअन मिली। मिली छुअन तेल के गरम छींटों की जो उसकी बाँहों पर आये बार-बार पकोड़ा और मूँग बड़ा तलते हुए जब-तब। पलंग का निवाड़ बुनने की छुअन भी उसे जेल में ही मिली।

उसके हाथ की छुअन से बनी ये चीज़ें जेल के बाहर बिकती थीं। जेल का पकोड़ा और मूँग बड़ा जेल के बाहर बेचा जाता था और पूरे शहर में प्रसिद्ध था। जेल के ठीक बाहर, जेल में बनी चीज़ों को बेचने की जगह थी, जहाँ वे, उसकी भी छुअन के साथ रखी हुई थीं। इस तरह वह जेल के बाहर नहीं जा पाता था, पर उसकी

छुअन जेल के बाहर चली जाती थी और चीज़ों के बिकते ही पता नहीं कहाँ-कहाँ, इस शहर के किस-किस हिस्से में पहुँच जाती थीं उसकी छुअन। उसकी छुअन पहुँच जाती थी शहर के बाहर भी।

स्टेशन और जेल में, बस इतना अन्तर और रह गया था कि यहाँ जेल में वह अकेला था। वहाँ मुन्नी और बेटी भी थीं साथ। सबसे बड़ी बात, स्टेशन पर लोगों की आवाजाही थी दिन-रात। दिन-रात जागता था स्टेशन। जेल, दिन-रात जाग नहीं सकती है। जेल में रात का खाना शाम छह बजे ही बँट जाता है। बड़ी-बड़ी रोटियाँ जो कभी फूलती नहीं थीं, जैसे जेल की रोटियों को फूलना ही नहीं आता हो। दाल जो न बहुत गाढ़ी होती थी न पतली। मोटा चावल जो कभी ज़्यादा पक जाता और कभी-कभी थोड़ा कम पका भी रह जाता था। कोई एक सब्ज़ी रहती जो बदलती रहती दो से तीन दिन तक, फिर अपने को दुहराने लगती। जेल में चटनी बहुत स्वादिष्ट बनती थी। तीखी और खट्टी। आम या अमचूर या इमली या टमाटर की चटनी। बड़ी-सी सिल पर, बड़े-से लोढ़े से पिसी हुई। इतनी अच्छी चटनी कि जेल से बाहर जाने के बाद भी रिहा हो गये क़ैदियों को उसकी जब-तब आती थी याद!

जेल की इन फूलना भूल चुकीं रोटियों के पास, एक और बड़ा जादू था। जिस शहर में यह जेल है, उस शहर में एक ऐसा प्रभावशाली व्यक्ति भी रहता है जो नेता, उद्योगपति और अपराधी एक साथ है। जिससे सब डरते थे। उस प्रभावशाली व्यक्ति के पास, इस जेल की फूलना भूल चुकी रोटियाँ, नियमित सुबह और शाम, चार की संख्या में, इस जेल के जेलर के द्वारा भेजी जाती थीं। क्योंकि वह प्रभावशाली व्यक्ति जेल की रोटियाँ ही खाता था। उसे लगता था कि वह जब तक जेल की रोटियाँ खाता रहेगा, वह जेल जाने से बचा रहेगा, चाहे कितने भी भीषण अपराध वह करता रहेगा। जेल में कोई नहीं जानता था कि ये जेल की चार रोटियाँ, सुबह-शाम किस प्रभावशाली आदमी को पहुँचायी जा रही हैं। क्योंकि ये रोटियाँ, इस जेल का जेलर स्वयं उस आदमी को पहुँचाता था। नया जेलर आता तो पुराना जेलर, अपने काम के चार्ज के साथ, प्रभावशाली आदमी को रोटी पहुँचाने का चार्ज भी उसे देता था। जिसे नया जेलर सहर्ष स्वीकार कर लेता था, क्योंकि एक तो इसमें आर्थिक लाभ बहुत ज़्यादा था और दूसरे नहीं स्वीकारने पर स्थानान्तरण से लेकर मृत्यु तक का भय था। इस जेल के क़ैदी चाहें तो इस बात की ख़ुशी मना सकते थे कि वे वह रोटी खाते हैं जो इस शहर का या कह लें कि इस राज्य का सबसे प्रभावशाली आदमी खाता है।

छुटकू अन्धे को जेल का खाना इसलिए भी बहुत अच्छा लगता था कि वह

उसे गरम-गरम मिलता था, जबकि उसके भिखारी जीवन में, गरम खाना कभी-कभी का धोखा-सा ही रहा था। दोपहर खाना, सुबह दस बजे बँटता और रात का खाना, शाम ठीक छह बजे बँटता। सुबह का खाने का समय तो लगभग ठीक ही था, पर शाम के खाने का समय बहुत जल्दी था। यह खाना, खाने के समय से कुछ घण्टे पहले, बँटने के बावजूद, चूँकि उस समय खाना गरम रहता है तो अधिकांश क़ैदी रात का खाना, शाम को ही खा लेते हैं। उसी समय खा-पीकर, दो-तीन घण्टों में अपने कम्बलों पर पसर भी जाते हैं। क्योंकि बैरकों के दरवाज़े शाम सात बजे ही बन्द हो जाते थे। बीच आधी रात लगने वाली भूख को मारने के लिए सुबह छह के नाश्ते में या शाम चार बजे की चाय में मिली, खाने की कोई चीज़ को क़ैदी बचाकर रखते हैं। जानते हैं कि भूख से टूटी नींद, भूख को मारे बिना फिर वापस नहीं आती है। इसलिए बहुत से क़ैदी रात का खाना देर रात भी खाते हैं कि भूख वापस न आये।

एक कम्बल बिछाने को और एक ओढ़ने को। इन कम्बलों के बीच क़ैदी सोते कब हैं—कोई ठीक-ठीक नहीं कह सकता है। क़ैदी सोते भी हैं या नहीं कोई ठीक-ठीक बता नहीं सकता। यह सच है कि क़ैदी सोते हैं। क़ैदी सोते हैं बस इसलिए कि रिहाई का स्वप्न देख सकें। हर क़ैदी के स्वप्न में हर रात आती है रिहाई।

पर यह भी सही है कि जेल के सब क़ैदी नहीं देखते हैं रिहाई का स्वप्न। कुछ के लिए जेल एक दूसरा घर है। जाते हैं जेल से बाहर। और फिर आ जाते हैं कुछ समय बाद। जैसे लौट आये हों अपने घर। ये वे क़ैदी हैं, जिनका धन्धा ही है, छोटी-मोटी चोरी, नशे की तस्करी, दादागीरी से वसूली आदि। ये आते-जाते रहते हैं। उनके चेहरे पर जेल लौट आने की ख़ुशी दिखती है। दिखती है जेल से बाहर जाने की ख़ुशी भी उतनी ही। दोनों ख़ुशी एक-सी दिखती है उनके चेहरे पर। ये जेल आना-जाना उनके धन्धे का हिस्सा है। वे जेल इस तरह आते-जाते हैं, जैसे कोई अपनी नौकरी में आता-जाता है। ये जो जेल में बार-बार आवाजाही के क़ैदी हैं। बाक़ी क़ैदियों के बहुत काम के हैं। इनसे ही क़ैदियों की ज़रूरी सूचनाओं की आवाजाही होती है। इनके मार्फ़त ही क़ैदियों के पास पैसा आता जाता है। पैसा आता है परिवार से। पैसा जाता है इन्ही के मार्फ़त, नशे के लिए, खाने-पीने के सामान के लिए, दवा-दारू के लिए। यह आवाजाही इतनी निरन्तर रहती है कि उनके बीच का कोई-न-कोई जेल आता ही है और जेल से जाता ही है। तो रोज़ पैसा आता है क़ैदियों के पास और रोज़ पैसा जाता है क़ैदियों के पास से और बदले में उनकी ज़रूरत का सामान आता है। जेल का हर सन्तरी, नम्बरदार और जेलर तक के अधिकारी यह जानते हैं और वे भी वी.आई.पी. आवाजाही के लिए इसी तन्त्र का उपयोग करते रहते हैं। इसी तरह यह तन्त्र जेल के हर सन्तरी, अधिकारी और नम्बरदारों का उपयोग करता है। यह

दो विपरीत तन्त्रों द्वारा एकजुट होकर रची गयी संरचना है, जिसका कोई विकल्प नहीं है। तो इन जैसे क़ैदियों को हम छोड़ दें तो जेल के अधिसंख्य क़ैदी रिहाई का स्वप्न ही जीते हैं दिन-रात।

छुटकू अन्धा सोता है जब तो देखता है अपनी रिहाई का स्वप्न। रिहाई का स्वप्न, वह जागता है तब भी देखता है। अब और कोई स्वप्न उसके पास नहीं है। आश्चर्य है कि जेल में दो बरस बीत जाने के बाद, उसके स्वप्न में अब बेटी और मुन्नी भी नहीं हैं उस तरह, जैसे वह पहले थीं : एक बेचैन उपस्थिति-सी। वे दोनों कब ग़ायब हो गये उसके स्वप्नों से, उसे पता ही नहीं चला। मन में अब भी बेटी और मुन्नी आती हैं। अब आती हैं कभी-कभार ही। इन दो सालों में, वे दोनों तीन बार और मिलने आ चुकी हैं। पर वह पहली बार की तरह, इन तीन बार में एक बार भी नहीं रोया है। अब, सब कुछ ऐसा हो गया था कि छुटकू अन्धे को लगता कि जेल से तीन किलोमीटर दूर स्टेशन तक जाना ही सब कुछ है। अब स्वप्न में है बस रिहाई। बिना स्वप्न के भी है रिहाई। रिहाई के पास खड़ी बेटी है और मुन्नी है खड़ी।

छुटकू अन्धे के बैरेक में एक क़ैदी है भगवान। उसके नहाने को लेकर यह टोटका प्रचलित है कि जिस दिन वह नहाता है, उस दिन किसी-न-किसी क़ैदी की रिहाई आदेश ज़रूर आता है। क़ैदी उसके नहाने का इन्तज़ार करते हैं। कुछ जिन्हें अपनी रिहाई की बहुत उम्मीद और बेचैनी रहती है, वे उस क़ैदी को खुलकर लालच भी देते हैं कि भगवान आज नहा ले और यह ले। यह ले में–खाने से नशे तक की कोई भी चीज़ रहती है। यह ले में–बाहर जाने पर, उसके लिए सामान जो वो चाहे, और पैसे भिजवाने का लालच भी रहता है। यह ले में–कई बार तुरन्त एडवांस में मँगा देने का लालच भी रहता है। यह ले में–रहता है नगद पैसे का लालच भी। पर भगवान लालच से ऊपर बना रहता है। कोई जवाब नहीं देता। देखता रहता है चुपचाप–कहने वाले के चेहरे को। पर भगवान का चेहरा निर्विकार रहता है। जैसे वह कुछ सुन ही नहीं पा रहा हो। किसी के कहने पर भगवान कभी नहाता नहीं है। कितना भी बोल दे। कोई दे दे कितना भी लालच। कई दिनों तक, कभी-कभी तो एक दो माह तक उसे नहाते देखना मुश्किल हो जाता है। उसकी बदबू दिखती है सब तरफ़। वह जिधर से गुज़रता है, बदबू का घेरा चलता है उसके साथ। बैरक में भी उसके लिए अलग जगह है। ठीक बैरक के दरवाज़े के पास के एक कोने में। उससे दूर सोते हैं बाक़ी क़ैदी। बैरक के सींख़चों से आती हवा से, उसकी बदबू कभी भीतर फैलती है तो कभी बाहर जाकर क़ैदियों को राहत दे जाती है। इस बैरक के क़ैदी, कभी उसके

शरीर से लगातार उठती तेज़ बदबू की बात नहीं करते हैं। वे सहते हैं अपनी रिहाई के लिए उसकी बदबू। उन्हें लगता है कि वे उसकी बदबू को नहीं सहेंगे तो उसके नहाते समय पड़ने वाले पानी के छींटों का असर कम हो जायेगा। छींटों के बावजूद नहीं होगी उनकी रिहाई। इस बैरक के क़ैदियों के अलावा बाक़ी सात बैरकों के क़ैदियों को उसकी बदबू लगातार नहीं सहनी पड़ती है। वे सहते है तब, जब भगवान गुज़रता है उनकी बग़ल से या उनके आसपास से।

भगवान ज़्यादातर अपने बैरक के दरवाज़े पर ही पड़ा रहता है सोता। सोता और सोचता। पता नहीं क्या सोचता। वह बोलता बहुत कम है। एक-दो शब्दों में ही बोलते उसे सुना गया है या उसे कई-कई दिन बिल्कुल न बोलते देखा गया है। भगवान सुनता सबकी है। सबको लगता कि भगवान उनकी सुन रहा है। पर किसी को ठीक-ठीक यह पता नहीं था कि वह हर बार सुनते-सुनते कभी भी, कहीं भी कहीं गुम जाता है अपने ही भीतर। इस गुम हो जाने के कारण वह नहाने की बात कभी ठीक से सुन ही नहीं पाता है। वह दरअसल उसे सुनाई नहीं देती है। वह जैसे नहीं नहाकर अपने उस अपराध का प्राश्चित्त कर रहा था जो उसने किया था। जीवन की कठिनाइयों के हज़ारों-हज़ार झोंकों के बीच, मन में उठे एक झोंके से, उससे वह अपराध हुआ था। उसने अपनी पत्नी और तीन नन्हे बच्चों को, सोते में ही मुँह दबा कर मार डाला था। उसके मन के झोंके ने तय यह किया था कि उसके बाद वह ख़ुद भी मर जायेगा और सारी परेशानियों से मुक्ति पा लेगा। पर वह मर नहीं पाया था। ख़ुद को मारना उसके लिए कठिन हो गया था। इस तरह अपने परिवार को नष्ट कर, वह यहाँ जीवित बचा रह गया था। आठ बरस हो गये थे उसे जेल में। अभी और बहुत बरस होने बाक़ी थे या जब तक वह जीवित रहता है, उतने बरस उसके बाक़ी थे। आठ बरस में एक बार भी, किसी ने उसे मुलाक़ात-कक्ष में जाते नहीं देखा था।

भगवान के मन में जब नहाने का झोंक आयेगा, तब नहायेगा भगवान!

छुटकू अन्धा, भगवान की गन्ध पहचानने लगा था। वह तीखी, बकरे की देह से आती गन्ध-सी थी। वह गन्ध बैरक के भीतर ही बनी रहती थी ज़्यादातर। वह गन्ध जब बैरक के बाहर जाती थी तो छुटकू अन्धा उसके पीछे-पीछे जाने लगा था। वह भी गन्ध के उस तरफ़ जाने का इन्तज़ार करता, जहाँ क़ैदियों के नहाने की जगह थी। जहाँ कुएँ के पास सीमेंट की एक बड़ी-सी टंकी थी–पानी से भरी। जहाँ पत्थर के कई बड़े-बड़े हौदे पड़े थे, जिसमें कुएँ से खींचकर पानी डालकर रखा रहता था कि किसी दिन भगवान को पानी से भरे पत्थर के हौदे अपनी ओर खींचेंगे और वह नहाने लगेगा। क़ैदी उसके आसपास इकट्ठा हो जायेंगे और उसके नहाने के छींटे

जिन पर पड़ेंगे, उनमें से किसी-न-किसी का रिहाई आदेश आ ही जायेगा।

छुटकू अन्धा जब से आया है, भगवान को उसने एक बार भी नहाते नहीं देख पाया है। इन दो वर्षों में, उसने तीन-चार बार उसके नहाने की ख़बर सुनी है और जब तक वह नहाने की जगह पर पहुँचा है तो यह पाया है कि वह नहा चुका है। यह भी सच कि भगवान के नहाने की ख़बर के साथ-साथ, उसने क़ैदियों की रिहाई की ख़बर भी सुनी है। ठीक उन क़ैदियों की रिहाई की जिन पर भगवान के नहाने के छीटें पड़े हैं। तो उसने अब ठान लिया है कि अब जब भी नहायेगा भगवान, तो वह चूकेगा नहीं। वह अन्धा था और भागकर जा नहीं सकता, जब तक वह पहुँचता भगवान तक, भगवान के नहाने के छीटें ख़त्म हो जाते थे। तो इस तरह छुटकू अन्धे के पास एक ही उपाय बच गया था कि वह भगवान की गन्ध के पीछे-पीछे ही हमेशा बना रहे। दिन हो या रात, सुबह हो या शाम वह भगवान की गन्ध के आसपास बना रहे।

पर सच तो यह था कि अपनी रिहाई के लिए, भगवान का अब लगातार पीछा करना, छुटकू अन्धे के लिए व्यर्थ ही था। उसे सात बरस जेल में रहना है। ग़ैर इरादतन हत्या के लिए वह सात साल का सज़ायाफ़्ता हो चुका है। ज़ाहिर हैं साल-दो साल में वँह नहीं छूट सकता है। तब भी नहीं, जब भगवान उसे अपने साथ नहला ले। पर छुटकू अन्धे को लगता है कि भगवान का जादू, पानी के उन छींटों में बरसेगा जो उसके नहाने पर उठेंगे और गिरेंगे उस पर, तब उसका रिहाई आदेश आ ही जायेगा...

□□